CHAPITRE PREMIER

LA DEPOSITION DU FLUTISTE

UNE BALUSTRADE noire partageait la pièce en deux. Du côté réservé au public, il n'y avait qu'un banc sans dossier, peint en noir lui aussi, contre le mur blanchi à la chaux et couvert d'affiches administratives. De l'autre côté, il y avait des pupitres, des encriers, des casiers remplis de registres énormes, noirs encore, de sorte que tout était noir et blanc. Il y avait surtout, debout sur une plaque de tôle, un poêle en fonte comme on n'en voit plus aujourd'hui que dans des gares de petites villes, avec son tuyau qui montait d'abord vers le plafond, puis se coudait, traversant tout l'espace avant d'aller se perdre dans le mur.

L'agent au visage poupin, qui avait déboutonné son uniforme et qui essayait de dormir, s'appelait Lecœur.

L'horloge encerclée de noir marquait une heure vingt-cinq. De temps en temps, le seul bec de gaz allumé crachotait. De temps en temps aussi, le poêle, sans raison apparente, se mettait à ronfler.

Dehors, des bruits de pétards, de plus en plus rares, troublaient parfois le calme de la nuit, ou la chanson d'un ivrogne, le passage d'un fiacre dans la rue en pente.

Devant le pupitre de gauche, le secrétaire du commissariat du quartier Saint-Georges remuait les lèvres comme un écolier, penché sur un petit livre qui venait de paraître : *Cours de signalement descriptif (Portrait parlé) à l'usage des officiers et inspecteurs de police.*

Sur la page de garde, une main avait tracé à l'encre violette, en lettres moulées : J. Maigret.

Trois fois déjà, depuis le commencement de la nuit le jeune secrétaire du commissariat s'était levé pour aller tisonner le poêle, et c'était de ce poêle-là qu'il garderait la nostalgie sa vie durant, c'était le même, ou presque, qu'il retrouverait un jour au quai des Orfèvres et que plus tard, quand on installerait le chauffage central dans les locaux de la Police judiciaire, le commissaire divisionnaire Maigret, chef de la Brigade spéciale, obtiendrait de conserver dans son bureau.

On était le 15 avril 1913. La Police judiciaire ne s'appelait pas encore ainsi, mais s'appelait la Sûreté. Un souverain étranger avait débarqué le matin, en grande pompe, à la gare de Longchamp, où le président de la République était allé l'accueillir. Les landaus officiels flanqués de gardes républicains en grand uniforme, avaient défilé avenue du Bois et dans les Champs-Elysées entre deux haies de foule et de drapeaux.

Il y avait eu une grande soirée à l'Opéra, un feu d'artifice, des cortèges, et la rumeur des distractions populaires commençait seulement à s'apaiser.

La police était harassée. Malgré les précautions prises, malgré les arrestations préventives, les accords passés avec certains personnages, réputés dangereux, on avait pu craindre jusqu'au bout la bombe d'un anarchiste.

Maigret et l'agent Lecœur étaient seuls, à une heure et demie du matin, au commissariat de police du quartier Saint-Georges, dans la calme rue La-Rochefoucauld.

Tous deux relevèrent la tête en entendant des pas précipités sur le trottoir. La porte s'ouvrit. Un homme jeune, essoufflé, regarda autour de lui, ébloui par la lumière du gaz.

— Le commissaire ? questionna-t-il, haletant.

— Je suis son secrétaire, dit Maigret sans quitter sa chaise.

Il ne savait pas encore que c'était sa première enquête qui commençait.

-:-

L'homme était blond, fluet, avec des yeux bleus, le teint rose. Il portait un pardessus mastic sur son habit noir et tenait à la main un chapeau melon, tandis que, de l'autre main, il tâtait parfois son nez tuméfié.

— Vous avez été assailli par un voyou ?

— Non. J'ai tenté de me porter au secours d'une femme qui appelait à l'aide.

— Dans la rue ?

— Dans un hôtel particulier de la rue Chaptal. Je crois que vous feriez mieux de venir tout de suite. Ils m'ont flanqué à la porte.

— Qui ?

— Une sorte de maître d'hôtel ou de concierge.

— Vous croyez qu'il ne vaudrait pas mieux commencer par le commencement ? Que faisiez-vous rue Chaptal ?

— Je revenais de mon travail. Mon nom est Justin Minard. Je suis second flûtiste des Concerts Lamoureux, mais, le soir, je joue à la

Brasserie Clichy, boulevard de Clichy. J'habite rue d'Enghien, juste en face du *Petit Parisien*. Je suivais la rue Ballu, puis la rue Chaptal, comme chaque nuit.

En secrétaire consciencieux, Maigret prenait des notes.

— Vers le milieu de la rue, qui est presque toujours déserte, j'ai aperçu une automobile en stationnement, une Dion-Bouton, dont le moteur tournait. Sur le siège, il y avait un homme vêtu d'une peau de bique grise, le visage presque entièrement caché par de grosses lunettes. Comme j'arrivais à peu près à sa hauteur, une fenêtre s'est ouverte, à un second étage.

— Vous avez noté le numéro de la maison ?

— Le 17 *bis*. C'est un hôtel particulier, avec une porte cochère. Toutes les autres fenêtres étaient obscures. Seule la seconde fenêtre, en commençant par la gauche, était éclairée, celle qui s'est ouverte. J'ai levé la tête. J'ai aperçu une silhouette de femme qui a essayé de se pencher et qui a crié : « Au secours... »

— Qu'est-ce que vous avez fait ?

— Attendez. Quelqu'un, qui était dans la pièce, a dû la tirer en arrière. Au même moment, un coup de feu a éclaté. Je me suis tourné vers l'automobile que je venais de dépasser, et celle-ci s'est brusquement mise en marche.

— Vous êtes sûr que ce n'est pas un bruit de moteur que vous avez entendu ?

— J'en suis certain. Je me suis dirigé vers la porte et j'ai sonné.

— Vous étiez tout seul ?

— Oui.

— Armé ?

— Non.

— Qu'est-ce que vous comptiez faire ?

— Mais...

La question déroutait tellement le flûtiste qu'il ne trouvait rien à répondre. Si ce n'avait été sa moustache blonde et quelques poils de barbe, on lui aurait donné seize ans.

— Les voisins n'ont rien entendu ?

— Il faut croire que non.

— On vous a ouvert ?

— Pas tout de suite. J'ai sonné au moins trois fois. Puis j'ai donné des coups de pied dans la porte. A la fin, j'ai entendu des pas, quelqu'un a enlevé une chaîne, tiré un verrou. Il n'y avait pas de lumière dans le porche, mais il existe un bec de gaz juste devant la maison.

Une heure quarante-sept. Le flûtiste avait de temps en temps un regard anxieux vers l'horloge.

— Un grand type en costume noir de maître d'hôtel m'a demandé ce que je voulais.

— Il était tout habillé ?

— Mais oui.

— Avec son pantalon et sa cravate ?

— Oui.

— Et pourtant il n'y avait pas de lumière dans la maison ?

— Sauf dans la chambre du second étage.

— Qu'est-ce que vous avez dit ?

— Je ne sais pas. Je voulais passer.

— Pourquoi ?

— Pour aller voir. Il me barrait le chemin. Je lui parlais de la femme qui avait appelé par la fenêtre.

— Il a paru embarrassé ?

— Il me regardait durement, sans rien dire, en me repoussant de tout son corps.

— Et après ?

— Il a grommelé que j'avais rêvé, que j'étais ivre, je ne sais plus au juste, puis il y a eu une voix dans l'obscurité, comme si on parlait du palier du premier étage.

— Qu'est-ce qu'on a dit ?

— *Dépêchez-vous, Louis !*

— Alors ?

— On m'a bousculé plus fort et, comme je résistais, on m'a envoyé un coup de poing en plein visage. Je me suis retrouvé sur le trottoir devant la porte fermée.

— Il y avait encore de la lumière au second étage ?

— Non.

— L'auto n'était pas revenue ?

— Non. Nous ferions peut-être bien d'y aller, à présent ?

— Nous ? Vous avez l'intention de m'accompagner ?

C'était à la fois comique et attendrissant, le contraste entre la fragilité quasi féminine du flûtiste et son air parfaitement décidé.

— Est-ce que c'est moi qui ai reçu le coup de poing ? D'ailleurs, je porte plainte.

— C'est votre droit, en effet.

— Mais il vaudrait mieux que nous nous occupions de cela tout à l'heure. Vous ne trouvez pas ?

— Vous m'avez dit le numéro de la maison ?

— Le 17 *bis*.

Maigret sourcilla, car cette adresse lui rappelait vaguement quelque chose. Il tira un des registres de son casier, le feuilleta, lut un nom qui le fit sourciller davantage.

Il était en jaquette, ce soir-là. C'était même sa première jaquette. Une note de service, quelques jours plus tôt, avait recommandé à tous les auxiliaires de la police, à l'occasion de la visite royale, d'être en tenue de cérémonie, car chacun pouvait être appelé à un moment donné à se mêler aux personnalités officielles.

Son pardessus mastic, acheté tout fait, était le frère jumeau de celui de Justin Minard.

— Venez ! Si on me demande, Lecœur, dites que je vais rentrer.

Il était un peu impressionné. Le nom qu'il

venait de lire dans le registre n'était pas fait pour le mettre à l'aise.

Il avait vingt-six ans et il était juste marié de cinq mois. Depuis qu'il était entré dans la police, quatre ans plus tôt, il avait passé par les services les plus humbles, la voie publique, les gares, les grands magasins, et il y avait moins d'un an qu'il était secrétaire au commissariat du quartier Saint-Georges.

Or, de tout le quartier, le nom le plus prestigieux était sans doute celui des habitants du 17 *bis* rue Chaptal.

Gendreau-Balthazar. Les cafés Balthazar. Ce nom-là s'étalait en grosses lettres brunes dans tous les couloirs du métro. Et, dans les rues, les camions de la maison Balthazar, tirés par quatre chevaux superbement harnachés, faisaient en quelque sorte partie de la physionomie parisienne.

Maigret buvait du café Balthazar. Et, quand il passait avenue de l'Opéra, il ne manquait pas, arrivé à une certaine hauteur, à côté d'un armurier, de renifler la bonne odeur de café que l'on torréfiait dans la vitrine des magasins Balthazar.

La nuit était claire et froide. Il n'y avait pas une âme dans la rue en pente, pas un fiacre à proximité. Maigret, à cette époque-là, était presque aussi maigre que son flûtiste, si bien que, tandis qu'ils remontaient la rue, ils avaient l'air de deux adolescents efflanqués.

— Je suppose que vous n'avez pas bu ?

— Je ne bois jamais. Cela m'est interdit par le médecin.

— Vous êtes sûr d'avoir vu une fenêtre s'ouvrir ?

— J'en suis absolument certain.

C'était la première fois que Maigret volait de ses propres ailes. Jusqu'alors il n'avait fait qu'accompagner son patron, M. Le Bret, le plus mondain des commissaires de Paris, dans certaines descentes de police, quatre fois, entre autres, pour des constats d'adultère.

La rue Chaptal était aussi déserte que la rue La-Rochefoucauld. Il n'y avait aucune lumière dans l'hôtel particulier des Gendreau-Balthazar, un des plus beaux hôtels du quartier.

— Vous m'avez dit qu'il y avait une automobile en stationnement ?

— Tenez. Ici, exactement.

Pas tout à fait devant la porte. Un peu plus haut. Maigret, qui avait la tête pleine des théories toutes fraîches sur le témoignage, frotta une allumette-bougie, se pencha sur le pavé de bois.

— Vous voyez ! triompha le musicien en désignant une large flaque d'huile noirâtre.

— Venez. Je ne pense pas qu'il soit très régulier que vous m'accompagniez.

— Puisque c'est moi qui ai reçu le coup de poing !

C'était un peu effrayant quand même. En levant la main vers le bouton de sonnette, Maigret avait la poitrine serrée et il se demandait sur quel règlement il allait s'appuyer. Il n'avait aucun mandat. En outre, on était au milieu de la nuit. Pouvait-il parler de flagrant délit alors que, pour pièce à conviction, il n'avait que le nez tuméfié d'un flûtiste ?

Comme celui-ci, il dut sonner trois fois, mais il n'eut pas à donner des coups de pied dans la porte. Une voix finit par questionner, de l'intérieur :

— Qu'est-ce que c'est ?

— Police ! articula-t-il d'une voix pas très ferme.

— Un instant, s'il vous plaît. Je vais chercher la clef.

Il y eut un déclic dans le porche. L'hôtel avait

déjà l'électricité. Puis il fallut attendre longtemps.

— C'est lui, affirma le musicien qui avait
reconnu la voix.

Enfin ce fut la chaîne, le verrou, un visage
qui paraissait endormi, un regard qui, après
avoir glissé sur Maigret, se fixa sur Justin Minard.

— Vous l'avez attrapé ! dit l'homme. Je suppose qu'il a recommencé ailleurs sa petite plai-
santerie ?

— Vous permettez que nous entrions ?

— Si vous croyez que c'est indispensable. Je
vous prierai de ne pas faire de bruit afin de ne
pas éveiller toute la maison. Venez par ici.

A gauche, au-dessus de trois marches de
marbre, il y avait une porte vitrée, à double battant, qui donnait sur un hall à colonnes. C'était
la première fois de sa vie que Maigret pénétrait
dans un intérieur aussi somptueux qui, par
ses proportions rappelait la pompe d'un minis-
tère.

— Vous vous appelez Louis ?

— Comment le savez-vous ?

Louis, en tout cas, poussait une porte qui
donnait, non dans les salons, mais dans une sorte
d'office. Il ne portait pas son habit de maître
d'hôtel. Il paraissait sortir du lit, avec un pantalon passé en hâte et une chemise de nuit
blanche au col brodé de rouge.

— M. Gendreau-Balthazar est ici ?

— Lequel ? Le père ou le fils ?

— Le père.

— M. Félicien n'est pas encore rentré. Quant
à M. Richard, le fils, il doit être couché depuis
longtemps. Il y a un peu plus d'une demi-heure,
cet ivrogne...

Louis était grand et large. Il devait avoir quarante-cinq ans environ, son menton rasé était

bleuâtre, ses prunelles très sombres, ses sourcils noirs d'une épaisseur anormale.

Maigret, après avoir avalé sa salive, prononça, avec l'impression de se jeter à l'eau :

— Je voudrais parler à M. Richard.

— Vous désirez que je le réveille ?

— C'est cela.

— Voulez-vous me montrer votre carte ?

Maigret lui tendit sa carte de la Préfecture de Police.

— Il y a longtemps que vous êtes dans le quartier ?

— Dix mois.

— Vous êtes attaché au commissariat Saint-Georges ?

— C'est exact.

— Vous connaissez donc M. Le Bret ?

— C'est mon chef.

Alors Louis prononça, avec une apparente indifférence qui cachait mal une menace :

— Je le connais aussi. J'ai l'honneur de le servir chaque fois qu'il vient déjeuner ou dîner.

Il laissa passer quelques secondes en regardant ailleurs.

— Vous désirez toujours que je réveille M. Richard ?

— Oui.

— Vous avez un mandat ?

— Non.

— Très bien. Veuillez attendre.

Avant de s'éloigner, il prit un plastron empesé dans un placard, un col, une cravate noire. Puis il endossa son habit qui pendait.

Il n'y avait qu'une seule chaise dans l'office. Ni Maigret ni Justin Minard ne s'assit. Ils étaient entourés de silence. Tout l'hôtel était baigné de pénombre. C'était très solennel, très impressionnant.

Deux fois, Maigret tira sa montre de son

gousset. Vingt minutes s'écoulèrent avant que Louis parût à nouveau, toujours aussi glacé.

— Si vous voulez me suivre...

Minard voulut marcher sur les traces de Maigret, mais le maître d'hôtel se tourna vers lui.

— Pas vous. A moins que vous fassiez aussi partie de la police.

Maigret eut un sentiment ridicule. Il lui sembla qu'il était lâche de laisser le pâle flûtiste derrière lui. L'office aux boiseries sombres lui fit un instant l'effet d'une sorte de cachot, et il eut la vision du maître d'hôtel au menton bleu revenant de ce côté pour s'acharner sur sa victime.

Sur les pas de Louis, il traversa le hall à colonnes et s'engagea dans l'escalier couvert d'un tapis rouge sombre.

Quelques lampes seulement, aux filaments jaunâtres, étaient allumées, laissant de larges pans d'ombre. Une porte qui donnait sur le palier du premier étage était ouverte. Un homme en robe de chambre s'encadra dans la lumière.

— On me dit que vous désirez me parler ? Entrez, je vous en prie. Laissez-nous, Louis.

La pièce était à la fois salon et bureau, avec des murs tendus de cuir, une odeur de havane et un parfum que Maigret ne connaissait pas. Une porte entrouverte donnait sur une chambre à coucher où un lit à baldaquin était défait.

Richard Gendreau-Balthazar portait un pyjama sous sa robe de chambre, et ses pieds étaient nus dans des mules en cuir de Russie.

Il devait avoir une trentaine d'années. Il était brun, et son visage aurait été banal s'il n'avait eu le nez de travers.

— Louis me dit que vous appartenez au commissariat du quartier ?

Il ouvrait une boîte ouvragée qui contenait

des cigarettes, la poussait vers son visiteur qui refusait.

— Vous ne fumez pas ?

— Seulement la pipe.

— Je ne vous invite pas à fumer ici, car j'ai horreur de l'odeur de pipe. Je suppose qu'avant de venir vous avez téléphoné à mon ami Le Bret ?

— Non.

— Ah ! Je vous demande pardon si je ne suis pas bien au courant des usages de votre profession. Le Bret est venu souvent dans cette maison, mais je vous dis tout de suite que ce n'est pas en tant que commissaire de police. Il l'est si peu, d'ailleurs ! C'est vraiment un homme très bien, et sa femme est charmante. Venons-en au fait. Quelle heure est-il ?

Il feignit de chercher sa montre, et ce fut Maigret qui tira de sa poche son gros oignon en argent.

— Deux heures vingt-cinq.

— Et le jour se lève en cette saison vers cinq heures, n'est-ce pas ? Je le sais, car il m'arrive de monter à cheval au Bois de très bonne heure. Je me figurais que le domicile des citoyens était inviolable du coucher au lever du soleil.

— C'est exact, mais...

Il coupa la parole à Maigret.

— Remarquez que je n'en parle que pour mémoire. Vous êtes jeune et sans doute jeune aussi dans le métier. Vous avez la chance d'être tombé sur un ami de votre chef. Enfin je suppose que vous avez de bonnes raisons pour vous introduire comme vous l'avez fait dans cette maison. Louis m'en a touché deux mots. Probablement, l'individu qu'il a jeté dehors est-il dangereux ? Même dans ce cas, mon ami, vous auriez pu attendre jusqu'au matin, ne croyez-vous pas ? Asseyez-vous, je vous en prie.

Lui-même restait debout, allant et venant, soufflant devant lui la fumée de sa cigarette égyptienne à bout doré.

— Maintenant que je vous ai donné la petite leçon que vous méritiez, dites-moi ce que vous désirez savoir.

— Qui occupe la chambre de l'étage au-dessus ?

— Pardon ?

— Excusez-moi. Je sais que vous n'êtes pas obligé de me répondre, tout au moins à ce moment.

— Obligé de ?... répéta Richard avec un immense étonnement.

Et Maigret, les oreilles pourpres :

— Un coup de feu a été tiré cette nuit dans la chambre.

— Pardon... Pardon... Vous êtes dans votre bon sens, je suppose ?...

» Nous avons beau vivre une nuit de réjouissances populaires, je présume que vous n'avez pas bu outre mesure ? »

On entendit des pas dans l'escalier. La porte était restée ouverte, et Maigret vit une nouvelle silhouette se profiler sur le palier, une silhouette qui semblait sortir d'une couverture de la *Vie Parisienne*. L'homme portait l'habit, la cape et le chapeau claque. Il était maigre et vieux, et ses fines moustaches aux pointes retroussées étaient visiblement teintes.

Il restait debout, sur le seuil, hésitant, étonné, peut-être craintif.

— Entrez, père. Je crois que vous allez bien rire. Monsieur, ici présent, est un employé de Le Bret...

C'était curieux ; Félicien Gendreau-Balthazar, le père, ne devait pas être ivre, et pourtant il y avait en lui quelque chose de vague, d'inconsistant, de papillotant.

— Vous avez vu Louis ? continuait son fils.

— Il est en bas avec quelqu'un.

— Justement. Un ivrogne, tout à l'heure — à moins que ce soit un fou échappé de Villejuif, — a presque défoncé la porte cochère. Louis est descendu et a eu toutes les peines du monde à l'empêcher d'entrer. Maintenant, monsieur...

Il attendit, interrogatif.

— Maigret.

— M. Maigret, qui est le secrétaire de notre ami Le Bret, est ici pour me demander... Au fait, que voulez-vous savoir au juste ?

— Qui est la personne qui habite la chambre dont la fenêtre est la seconde à gauche, au-dessus de nous.

Il lui sembla que le père était inquiet, mais c'était une inquiétude étrange. Par exemple, depuis qu'il était arrivé, c'était le père qui regardait le fils avec une sorte de crainte, de soumission. Il n'osait pas ouvrir la bouche. On aurait dit qu'il attendait la permission de Richard.

— C'est ma sœur, dit enfin celui-ci. Vous voilà renseigné.

— Elle est ici en ce moment ?

Et Maigret ne regardait pas le fils, mais le père. Or, c'est le fils, une fois de plus, qui répondit.

— Non. Elle est à Anseval.

— Pardon ?

— Notre château, le château d'Anseval, près de Pouilly-sur-Loire, dans la Nièvre.

— De sorte que la chambre est vide ?

— J'ai tout lieu de le supposer.

Il ajouta, ironique :

— J'imagine que vous désirez vous en assurer ? Je vous accompagne. Ainsi, demain, je pourrai féliciter notre ami Le Bret sur le zèle de ses subordonnés. Suivez-moi, je vous en prie.

A l'étonnement de Maigret, le père suivit aussi, comme timidement.

— Voici la chambre dont vous parlez. C'est une chance qu'elle ne soit pas fermée à clef.

Il tourna un commutateur. Les meubles de la chambre à coucher étaient en bois laqué blanc, les murs garnis de soie bleue. Une porte latérale ouvrait sur un boudoir, et tout était en ordre, chaque objet paraissait à sa place.

— Faites vos constatations, je vous en conjure. Ma sœur sera charmée d'apprendre que la police est venue fourrer les pattes dans ses affaires.

Sans se laisser démonter, Maigret marcha jusqu'à la fenêtre. Les épais rideaux étaient d'une soie d'un bleu plus sombre que les tentures. Il les écarta, découvrit un voilage en tulle destiné à tamiser la lumière du jour et remarqua qu'un coin du voilage était pris dans la fenêtre.

— Je suppose, dit-il, que personne n'est entré ici ce soir ?

— A moins qu'une des femmes de chambre..

— Il y en a plusieurs dans la maison ?

— Mais oui ! répliqua Richard, sarcastique. Elles sont deux, Germaine et Marie. Il y a aussi la femme de Louis, qui est notre cuisinière, et il y a même une lingère, mais celle-ci, qui est mariée, vient le matin et part le soir.

Félicien Gendreau, le père, continuait à les regarder tour à tour.

— De quoi s'agit-il ? questionna-t-il enfin, après avoir toussoté.

— Je ne sais pas au juste. Demandez à M. Maigret.

— Quelqu'un qui passait, un peu avant une heure et demie, devant la maison, a entendu cette fenêtre s'ouvrir brusquement. Il a levé la tête et a aperçu une femme affolée qui appelait au secours.

Il vit la main du père se crisper sur le pommeau d'or de sa canne.

— Ensuite ? questionna Richard.

— La femme a été tirée en arrière, et, à ce moment précis, il y a eu un coup de feu.

— Vraiment ?

Le jeune Gendreau regardait autour de lui d'un air faussement anxieux, faisait mine de chercher la trace d'une balle dans la soie des murs.

— Ce qui m'étonne, monsieur Maigret — c'est bien Maigret, n'est-ce pas ? — c'est que, en présence d'une accusation aussi grave, vous n'ayez pas pris l'élémentaire précaution d'avertir vos chefs. Vous êtes accouru ici un peu légèrement, ce me semble. Vous êtes-vous seulement renseigné sur ce passant à l'imagination si fertile ?

— Il est en bas.

— Cela me fait grand plaisir de le savoir sous mon toit. En somme, non seulement vous vous êtes introduit ici en pleine nuit, au mépris des lois qui protègent la liberté des citoyens, mais vous avez amené avec vous un individu que je considère, pour le moins, comme douteux. Cependant, puisque vous y êtes, et afin que vous puissiez faire demain un rapport complet à notre ami Le Bret, je vous prie de vous livrer à vos petites constatations d'usage. Je suppose que vous désirez vous assurer que le lit n'a pas servi cette nuit ?

Il arracha le couvre-lit de satin qui découvrit des draps sans un faux pli, un oreiller immaculé.

— Cherchez, je vous en prie. Reniflez dans les coins. Je suppose que vous vous êtes muni d'une loupe ?

— Ce n'est pas nécessaire.

— Excusez-moi. En dehors de Le Bret, je n'ai eu l'honneur de faire connaissance avec la police qu'à travers les romans. On a tiré, dites-vous ? Peut-être y a-t-il un cadavre quelque part ? Suivez-moi. Cherchons-le ensemble ! Dans ce placard ? Qui sait ?

Il l'ouvrit, et on ne vit que des robes suspendues à des cintres.

— Ici ? Ce sont les chaussures de Lise. Elle est folle de chaussures, vous le voyez. Passons à son boudoir...

Il était tendu, de plus en plus sarcastique.

— Cette porte ? Elle est condamnée depuis la mort de maman. Mais on peut pénétrer dans l'appartement par le corridor. Venez. Mais si ! Je vous en prie...

Ce fut une demi-heure de cauchemar. Maigret n'avait pas d'autre parti à prendre qu'obéir. Car c'étaient littéralement des ordres que Richard lui adressait. Et, ce qui donnait quelque chose de fantomatique à leurs errements à travers l'hôtel particulier, c'était la présence, sur leurs talons, du vieux Gendreau-Balthazar, qui avait toujours le chapeau claque sur la tête, sa cape sur les épaules, sa canne à pommeau d'or à la main.

— Mais non ! Nous ne descendons pas encore. Vous oubliez qu'il y a un étage au-dessus de nous, un étage mansardé, où couchent les domestiques.

Les ampoules, dans le corridor, n'avaient pas d'abat-jour. Le plafond était en pente. Richard frappait aux portes.

— Ouvrez, Germaine. Mais si ! Peu importe si vous êtes en chemise. C'est la police.

Une assez grosse fille aux yeux endormis, à l'odeur fade, un lit moite, un peigne tout emmêlé de cheveux sur une toilette.

— Vous avez entendu un coup de feu ?

— Un quoi ?

— Depuis quelle heure êtes-vous couchée ?

— Je suis montée à dix heures.

— Et vous n'avez rien entendu ?

C'était Richard qui posait les questions.

— A la suivante !... Ouvrez. Marie... Mais non, mon petit, cela n'a pas d'importance...

Une gamine de seize ans, qui avait passé un manteau vert sur sa chemise et qui tremblait de tous ses membres.

— Vous avez entendu un coup de feu ?

Elle regardait Richard et Maigret avec une sorte de terreur.

— Il y a longtemps que vous dormez ?

— Je ne sais pas.

— Vous avez entendu quelque chose ?

— Non. Pourquoi ? Qu'est-ce qui se passe ?

— Question à poser, monsieur Maigret ?

— Je voudrais lui demander d'où elle vient.

— D'où venez-vous, Marie ?

— D'Anseval.

— Et Germaine ?

— D'Anseval aussi.

— Et Louis ?

— D'Anseval, monsieur Maigret, répliqua Richard avec ironie. Je vois que vous ignorez que les personnes qui possèdent un château ont l'habitude de faire venir leurs domestiques du pays.

— La porte suivante ?

— La chambre de Mme Louis.

— Son mari y dort aussi ?

— Il dort en bas, dans la loge.

Mme Louis fut plus longtemps avant d'ouvrir. Elle était petite, noiraude, très grosse, les yeux méfiants.

— Est-ce que vous avez bientôt fini ce vacarme ? Où est Louis ?

— En bas. Dites-moi, vous avez entendu un coup de feu ?

Elle les mit presque à la porte, en grommelant des phrases rageuses Et on ouvrait toujours des portes, sur des chambres vides, sur des cabinets de débarras, sur des mansardes. On ne faisait pas grâce à Maigret du grenier, et il lui fallut ensuite descendre au premier étage et visiter les appartements du père et du fils.

— Restent les salons. Mais si ! J'y tiens beaucoup.

Il allumait le grand lustre aux cristaux qui tintaient.

— Pas de cadavre ? Pas de blessé ? Vous avez tout vu ? Vous ne voulez pas descendre à la cave ? Vous remarquerez qu'il est maintenant trois heures et quart.

Il ouvrit la porte de l'office, et on vit Justin Minard assis sur une chaise, avec Louis qui se tenait debout dans un coin et qui avait l'air de le garder comme un prisonnier.

— C'est le jeune homme au coup de feu ? Très heureux d'avoir vu son intéressant visage. Je suppose, maintenant, monsieur Maigret, que j'ai le droit de porter plainte pour dénonciation calomnieuse et tentative de violation de domicile.

— C'est votre droit, en effet.

— Je vous souhaite le bonsoir. Louis, vous reconduirez ces messieurs.

Le vieux Gendreau ouvrit la bouche, mais ne dit rien. Quant à Maigret, il parvint à articuler :

— Je vous remercie.

Louis marcha sur leurs talons et referma sur eux la lourde porte.

Ils étaient tout seuls, déroutés, un peu inquiets, sur le trottoir de gauche de la rue Chaptal, et Maigret se retourna machinalement vers la tache d'huile, sur le pavé de bois, comme pour se raccrocher malgré tout à quelque chose de tangible.

— Vous savez, je vous jure que je n'ai pas bu.

— Je vous crois.

— Et je ne suis pas fou.

— Certainement pas.

— Vous croyez que cela va vous nuire ? J'ai vaguement entendu...

Cette nuit-là, Maigret étrennait sa première jaquette qui le serrait un petit peu sous les bras.

CHAPITRE II

RICHARD A MENTI

A NEUF HEURES MOINS dix, une Mme Maigret souriante, qui sentait bon le frais et la savonnette, tirait les rideaux de la chambre, livrant passage à un soleil guilleret. Il n'y avait pas si longtemps qu'elle était mariée, et elle ne s'était pas encore habituée à l'aspect d'un homme endormi, avec les pointes des moustaches roussâtres qui frémissaient, les plissements du front quand une mouche s'y posait, les cheveux drus à rebrousse-poil. Elle riait. Elle riait toujours quand elle s'approchait de lui le matin, une tasse de café à la main, et qu'il la regardait avec des yeux vagues et un peu enfantins.

C'était une grosse fille fraîche comme on n'en voit que dans les pâtisseries ou derrière le comptoir de marbre des crémeries, une grosse fille pleine de vitalité qu'il pouvait pourtant laisser des journées entières dans leur petit appartement du boulevard Richard-Lenoir sans qu'elle s'ennuyât un instant.

— A quoi penses-tu, Jules ?

Elle ne l'appelait pas encore Maigret, à cette époque-là, mais elle avait déjà pour lui cette sorte de respect qui lui était propre, le même qu'elle avait dû vouer à son père, le même qu'elle vouerait à son fils, si elle en avait un.

— Je pense...

Et il lui récita un texte qui lui était revenu à la mémoire au moment où il ouvrait les yeux, après seulement deux heures de sommeil. C'étaient des phrases du règlement intérieur de la police :

Il est de règle absolue que les fonctionnaires agents de la Sûreté doivent tout leur temps au service.

Toute enquête ou surveillance commencée devant être, en principe, poursuivie sans désemparer, aucun loisir ne saurait leur être assuré à des heures ou même à des jours fixes.

Il avait quitté le commissariat à six heures du matin, quand le secrétaire adjoint, Albert Luce, était venu prendre son service, et, dehors, l'air était si vif, les rues de Paris avaient une telle saveur qu'il avait marché et qu'il avait failli faire un détour par les Halles pour renifler l'odeur des légumes et des fruits de printemps.

Ces jours-ci, ils étaient dans Paris plusieurs centaines, plusieurs milliers à ne pas dormir plus que lui. La visite du souverain étranger devait durer tout juste trois jours, mais les brigades n'en étaient pas moins sur les dents, certaines, comme celles des garnis, des gares, des étrangers, de la voie publique, depuis des semaines.

Les services se prêtaient des hommes, les commissariats aussi. Les allées et venues du roi, sévèrement minutées à l'avance n'effleuraient pas le quartier Saint-Georges, et les hommes disponibles avaient été envoyés au commissariat de l'Opéra.

Il n'y avait pas que les anarchistes à empêcher la police de dormir. Il y avait des fous. que ces sortes de solennités mettent invariablement en transes ; il y avait les voleurs à la tire. les entôleuses qui s'en donnaient à cœur joie avec les provinciaux attirés par les cortèges.

— C'est du café Balthazar ? questionna-t-il.

— Pourquoi me demandes-tu ça ? Il n'est pas bon ?

— Je voudrais savoir pourquoi tu as choisi ce café-là plutôt qu'un autre. Est-ce parce qu'il est meilleur ?

— Il n'est en tout cas pas plus mauvais, et il y a les images.

Il avait oublié l'album. dans lequel elle collait avec soin les images que contenaient les paquets de café et qui représentaient toutes les espèces de fleurs.

— Avec trois collections complètes, on a droit à une chambre à coucher en noyer.

Il prit un tub. car il n'y avait pas encore de salle de bains dans l'appartement. Il mangea de la soupe. comme il l'avait toujours fait le matin à la campagne.

— Je suppose que tu ne sais pas quand tu rentreras ?

Et il répéta en souriant :

— ... *aucun loisir ne saurait leur être assuré à des heures ou même à des jours fixes...*

Elle le savait par cœur. Elle avait déjà son chapeau sur la tête. Elle aimait le conduire jusqu'à son bureau, comme elle aurait conduit un enfant à l'école. mais elle n'allait pas tout à fait jusqu'au bout, car il aurait été gêné de rencontrer un collègue.

A dix heures tapant, le cabriolet du commissaire s'arrêterait rue de La-Rochefoucauld. cheval piaffant. et le cocher prendrait les rênes à la place de son maître. Maxime Le Bret était probablement le seul commissaire de police de

Paris à posséder son équipage et à habiter la plaine Monceau, dans un des immeubles neufs du boulevard de Courcelles.

Quand il arrivait de la sorte au commissariat, il était déjà passé au cercle Hoche pour faire des armes, nager dans la piscine et se mettre entre les mains d'un masseur.

Le rapport de Maigret se trouvait sur son bureau, et Maigret y pensait avec une sourde angoisse, car c'était son premier rapport important, il y avait travaillé jusqu'au jour avec minutie, s'efforçant de ne rien oublier des théories encore toutes fraîches à sa mémoire.

Le flûtiste, Justin Minard, était revenu avec lui de la rue Chaptal. Ils s'étaient arrêtés tous les deux devant la porte.

— Vous êtes marié ?

— Oui.

— Vous ne croyez pas que votre femme va s'inquiéter ?

— Cela n'a pas d'importance.

Et Justin était entré. Maigret avait pris note de ses déclarations, que le musicien avait signées. Il ne s'en allait toujours pas.

— Vous ne pensez pas que votre femme va vous faire une scène ?

Il avait répété avec une douce obstination :

— Cela n'a pas d'importance.

Pourquoi Maigret y pensait-il maintenant ? Il avait presque dû le mettre à la porte au petit jour. Encore le flûtiste avait-il demandé avec un mélange de timidité et d'assurance :

— Vous me permettez de venir vous voir ?

Il avait porté plainte contre le dénommé Louis. Il y tenait. Tous ces papiers étaient bien en ordre sur le bureau du commissaire, au-dessus des rapports quotidiens moins importants.

On ne voyait guère entrer Maxime Le Bret, car il passait par le couloir et pénétrait directement dans son bureau, mais on l'entendait, et cette fois-ci Maigret eut un petit choc au cœur.

Sur le banc, il y avait la collection de clients habituels, surtout des pauvres gens, des loqueteux, et il les appelait tour à tour, rédigeait des certificats de domicile ou d'indigence, prenait note d'objets perdus ou trouvés, envoyait au violon des mendiants ramassés sur les boulevards ou des marchands à la sauvette.

Juste en dessous de l'horloge à cadre noir, il y avait une sonnerie électrique, et, quand cette sonnerie se ferait entendre...

Il avait calculé que cela prendrait à peu près douze minutes pour lire son rapport et la déposition de Minard. Vingt minutes s'écoulèrent, et on ne l'appelait pas encore, mais un léger déclic lui indiqua que son chef demandait une communication téléphonique.

Une porte matelassée séparait le bureau de Le Bret de la salle du commissariat. C'est à peine si, au travers, on percevait un vague murmure de voix.

Le Bret était-il déjà en communication avec Richard Gendreau, dont il était souvent le commensal ?

Pas de sonnerie, mais la porte qui s'entrouvrait.

— Maigret !

Bon signe ? Mauvais signe ?

— Entrez, mon petit.

Le commissaire, avant de s'asseoir devant son bureau, arpentait plusieurs fois la pièce en fumant une cigarette. Enfin il posa la main sur le dossier, parut chercher ses mots, soupira :

— J'ai lu votre machin.

— Oui, monsieur le commissaire.

— Vous avez fait ce que vous avez cru devoir faire. Votre rapport est très clair, très détaillé.

— Merci, monsieur le commissaire.

— Il y est même question de moi.

Il arrêta d'un geste Maigret qui ouvrait la bouche.

— Je ne vous en fais aucun reproche, au contraire.

— J'ai tenu à transcrire fidèlement toutes les paroles prononcées.

— En somme, vous avez eu tout le loisir de visiter la maison.

— On m'a conduit de pièce en pièce.

— Vous avez pu vous rendre compte qu'il n'y avait rien d'anormal.

— Dans la chambre désignée par Justin Minard, le rideau de tulle était pris dans la fenêtre comme si on avait refermé celle-ci précipitamment.

— Cela peut s'être produit n'importe quand, n'est-ce pas ? Rien ne prouve que le rideau n'était pas ainsi depuis plusieurs jours ?

— Le père, M. Félicien Gendreau Balthazar, a paru très impressionné en me trouvant dans la maison.

— Vous avez écrit *effrayé*.

— C'est mon sentiment.

— Je connais personnellement Gendreau, que je rencontre plusieurs fois par semaine à mon cercle.

— Je sais, monsieur le commissaire.

Le commissaire était un bel homme, très racé, qu'on voyait dans toutes les réunions mondaines, car il avait épousé une des riches héritières de Paris. C'était sans doute pour cela que, malgré son train de vie, il s'astreignait à un travail régulier. Il avait les paupières finement plissées, des pattes-d'oies profondes et sans doute cette nuit, comme la plupart des autres nuits, n'avait-il pas dormi beaucoup plus que Maigret ?

— Appelez-moi Besson.

C'était un inspecteur, le seul qu'on eût gardé au commissariat pendant la visite royale.

— J'ai un petit travail pour vous, mon vieux Besson.

Il recopiait sur une feuille volante le nom et l'adresse de Justin Minard, le flûtiste.

— Vous allez me faire une enquête discrète sur ce monsieur. Le plus tôt sera le mieux.

Besson regarda l'adresse, se réjouit de voir que c'était dans Paris et promit :

— J'y vais, patron.

Et, quand le commissaire fut seul avec Maigret, il esquissa un très léger sourire et murmura :

— Voilà. Je crois que c'est la seule chose à faire pour le moment.

-:-

Assis à son pupitre noir, Maigret passa les heures les plus rageuses de sa vie à examiner des papiers crasseux, à écouter des plaintes de concierges ou des explications de camelots.

Les solutions les plus extrêmes lui venaient à l'esprit, comme de donner immédiatement sa démission.

Ainsi, tout ce qu'il y avait à faire, selon le commissaire, c'était d'ouvrir une enquête sur le flûtiste ! Pourquoi pas arrêter celui-ci et le passer à tabac ?

Maigret aurait pu aussi téléphoner au grand patron, ou aller le voir. Car il connaissait personnellement Xavier Guichard, le chef de la Sûreté. Celui-ci avait souvent passé ses vacances près de chez eux, dans l'Allier, et il avait été autrefois un ami de son père.

Il ne le protégeait pas à proprement parler, mais il le suivait discrètement de loin, ou plutôt de haut, et c'était lui, sans doute, qui, depuis quatre ans, changeait sans cesse Maigret de service, afin de lui donner plus vite l'expérience de tous les rouages de la police.

« Minard n'est pas fou. Il n'était pas ivre. Il a vu une fenêtre s'ouvrir. Il a entendu un coup de feu. Et j'ai bel et bien vu, moi, les taches d'huile dans la rue. »

Il dirait cela, rageur. Il exigerait...

Cela lui donna une idée et il sortit de la pièce, descendit trois marches, pénétra dans la permanence, où des agents en uniforme jouaient aux cartes.

— Dites-moi, brigadier, est-ce que tous les hommes de service la nuit dernière ont déjà fait leur rapport ?

— Pas tous.

— Je voudrais que vous leur posiez une question. J'aimerais savoir s'il y en a qui ont aperçu, entre minuit et deux heures, une Dion-Bouton dans le quartier. Le chauffeur portait une peau de bique grise et de grosses lunettes. Je ne sais pas s'il y avait quelqu'un à l'intérieur.

Tant pis pour le commissaire ! *Toute enquête ou surveillance commencée...*

Il connaissait sa théorie. Normalement, l'enquête lui appartenait, Balthazar ou pas Balthazar.

Il eut un coup de sommeil vers midi, mais ce n'était pas encore son tour d'aller déjeuner. Ses paupières picotaient. Il lui arrivait de répéter deux fois la même question à ses clients.

Besson rentra, un fumet d'absinthe dans ses moustaches, et cela faisait penser à la fraîcheur d'un bistrot, ou à la lumière tamisée d'une terrasse des boulevards.

— Le patron est toujours là ?

Il n'y était plus, et Besson s'assit pour rédiger son rapport.

— Pauvre type ! soupira-t-il.

— Qui ?

— Le musicien.

Et Besson, qui éclatait de santé, avec une peau tendue et luisante, de continuer :

— D'abord, il est tuberculeux, ce qui n'est jamais rigolo. Il y a deux ans qu'on essaie de l'envoyer à la montagne, mais il ne veut rien emtendre.

Des chevaux passèrent du côté de la place Saint-Georges. Il y avait eu une prise d'armes aux Invalides dans la matinee e les troupes des différentes casernes regagnaient leurs quartiers. La ville était toujours en effervescence, avec des drapeaux, des uniformes, des musiques qui défilaient, des personnages chamarrés qui se hâtaient vers l'Elysée où il y avait un grand déjeuner officiel.

— Ils habitent un logement de deux pièces sur la cour, au cinquième, et il n'y a pas d'ascenseur.

— Vous êtes monté chez eux ?

— J'ai bavardé avec le bougnat, qui habite l'immeuble, puis avec la concierge, qui est de mon pays. Tous les mois, elle reçoit des plaintes des locataires, à cause de la flûte dont il joue à longueur de journées, fenêtre grande ouverte. La concierge l'aime bien. Le bougnat aussi, bien qu'il lui doive deux ou trois mois de charbon. Quant à sa bourgeoise...

— Vous l'avez vue ?

— Elle est passée pendant que j'étais dans la loge. Une forte brune, avec chair drue, des yeux qui lancent des étincelles. Une espèce de Carmen. Toujours en peignoir et en savates, à traîner dans les boutiques des environs. Elle se fait tirer les cartes. Elle l'engueule. La concierge prétend même qu'elle le bat. Pauvre type !...

Besson écrivait quelques phrases, péniblement, car la rédaction des rapports n'était pas son fort.

— J'ai pris le métro et je suis allé voir son patron, à la *Brasserie Clichy*. Rien à dire. Il ne boit pas. Il arrive toujours cinq minutes en avance. Il est gentil avec tout le monde, et la caissière l'adore.

— Où était-il ce matin ?

— Je ne sais pas. Pas chez lui. La concierge me l'aurait dit.

Maigret quitta le bureau pour aller manger deux œufs durs et boire un demi dans un petit bar de la place Saint-Georges. Quand il rentra, le brigadier avait laissé un mot sur son bureau.

Le gardien de la paix Jullian a noté la présence de la voiture Dion-Bouton à une heure trente, alors qu'elle stationnait rue Mansart, à hauteur du numéro 28. Il n'y avait pas d'autre occupant que le chauffeur, lequel correspond à la description donnée. La voiture est restée environ dix minutes rue Mansart et est repartie en direction de la rue Blanche.

Il y eut une sonnerie sous l'horloge, et Maigret se leva précipitamment, ouvrit la porte matelassée. Le commissaire était déjà de retour, et Maigret put voir les feuilles de son rapport étalées sur le bureau, avec des annotations au crayon rouge.

— Entrez, mon petit. Asseyez-vous.

C'était une faveur assez rare, car le commissaire laissait volontiers ses collaborateurs debout.

— Je suppose que vous avez passé la matinée à me maudire ?

Il était en jaquette, lui aussi, mais sa jaquette venait de chez le meilleur tailleur de la place Vendôme et ses gilets étaient toujours des tons les plus tendres.

— J'ai relu votre rapport avec soin. Très bon rapport d'ailleurs, je crois vous l'avoir déjà dit. J'ai eu également une conversation avec Besson au sujet de votre ami le flûtiste.

Maigret paya d'audace.

— Les Gendreau-Balthazar ne vous ont pas téléphoné ?

— En effet, mais pas sur le ton que vous supposez. Richard Gendreau a été parfait. Même s'il s'est un tout petit peu moqué de vous et de votre zèle ! Vous vous attendiez sans doute à des récriminations de sa part ? C'est le contraire qui s'est produit. Qu'il vous ait jugé jeune et plein de feu, je suppose que cela ne vous étonne pas. C'est pour cela, justement, qu'il s'est donné le malin plaisir de vous ouvrir toutes les portes.

Maigret était renfrogné, et son chef le regardait avec un fin sourire, ce sourire qui était comme le signe distinctif de tous les « blasés » de son monde, de tous les « viveurs », selon le mot en vogue.

— Dites-moi maintenant, mon cher, ce que, à ma place, vous auriez fait ce matin ?

Et, comme Maigret ne répondait pas, il poursuivit :

— Demander un mandat de perquisition ? Tout d'abord, à quel titre ? Y a-t-il une plainte déposée ? Pas contre les Gendreau, en tout cas. Y a-t-il un flagrant délit ? Aucunement. Y a-t-il un blessé, un cadavre ? Pas que nous sachions. Et vous avez visité la maison cette nuit dans ses moindres recoins, vous en avez vu tous les habitants, certains dans leur plus légère tenue.

» Comprenez-moi bien. Je n'ignore rien de ce qui a dû vous passer par la tête depuis ce matin. Je suis un ami des Gendreau. Je fréquente chez eux. J'appartiens au même cercle qu'eux. Avouez que vous m'avez maudit.

— Il y a la déposition et la plainte Minard.

— Le flûtiste, j'y arrive. Vers une heure et demie du matin, il a tenté de pénétrer de force, ou presque, dans un hôtel particulier sous prétexte qu'il avait entendu crier au secours

— Il a vu...

— N'oubliez pas qu'il est le seul à avoir vu quelque chose, qu'aucun voisin ne s'est alarmé. Mettez-vous à la place du maître d'hôtel réveillé par des coups de pied dans la porte cochère.

— Pardon ! Le nommé Louis était tout habillé, cravate y compris, à une heure et demie du matin et alors que, au moment où Minard a sonné, il n'y avait plus aucune lumière dans la maison.

— Soit. Remarquez que c'est toujours votre flûtiste qui déclare que le maître d'hôtel était tout habillé. Admettons-le. Est-ce un délit ? Minard s'est fait jeter dehors assez brutalement. Mais comment agiriez-vous si un énergumène, en pleine nuit, faisait irruption chez vous en prétendant que vous êtes en train d'assassiner votre femme ?

Il tendit son étui en or à Maigret qui dut lui rappeler, pour la centième fois peut-être, qu'il ne fumait pas la cigarette. C'était un tic chez Le Bret, un geste d'une aristocratique condescendance.

— Prenons maintenant la question du strict point de vue administratif. Vous avez rédigé un procès-verbal, et celui-ci doit suivre la route habituelle, c'est-à-dire qu'il sera transmis au préfet de police, qui jugera s'il doit le transmettre au Parquet. La plainte du flûtiste contre le maître d'hôtel suivra la filière, elle aussi.

Maigret le regardait fixement avec des yeux méchants et il pensait à nouveau à sa démission. Il devinait la suite.

— La famille Gendreau-Balthazar est une des plus en vue de Paris. N'importe quel petit journal de chantage serait trop heureux de sauter sur l'occasion si la moindre indiscrétion était commise.

Maigret prononça sèchement :

— J'ai compris.

— Et vous me détestez, n'est-ce pas ? Vous
pensez que je protège ces gens-là parce qu'ils
sont puissants ou parce qu'ils sont mes amis.

Maigret fit un geste pour saisir les papiers
sur le bureau et pour les déchirer comme on le
lui demandait. Il rentrerait ensuite dans la salle
commune et, d'une écriture aussi ferme que
possible, rédigerait sa lettre de démission.

— Maintenant, mon petit Maigret, j'ai une
nouvelle à vous annoncer.

C'était drôle : la raillerie devenait affec-
tueuse.

— Ce matin, pendant que je lisais votre rapport, puis pendant que je m'entretenais avec
vous, une chose me chiffonnait. Comme un souvenir vague. Je ne sais pas si cela vous arrive
aussi. Plus on cherche à le préciser, plus cela
devient flou. Je savais bien, pourtant, que c'était
important, que c'était même susceptible de changer toute la question. J'ai fini par trouver, au
moment où je suis allé déjeuner. Contrairement
à mon habitude, j'ai déjeuné chez moi, car nous
avions des amis. En regardant ma femme, j'ai
reconstitué un des chaînons. Ce qui m'avait
chiffonné le matin, c'était une petite phrase
qu'elle m'avait dite. Mais laquelle ? Soudain,
au beau milieu du repas, cela m'est revenu.
Hier, avant de quitter le boulevard de Courcelles, j'ai demandé, comme cela m'arrive souvent :

» — Qu'est-ce que vous faites cet après-
midi ?

» Or ma femme m'a répondu :

» — Je prends le thé faubourg Saint-Honoré
avec Lise et Bernadette.

» Bernadette est la comtesse d'Estirau. Quant
à Lise, c'est Lise Gendreau-Balthazar. »

Il se tut et regarda Maigret de ses yeux pétil-
lants.

— Voilà, mon ami. Il me restait à savoir si

Lise Gendreau avait vraiment pris le thé, hier, à cinq heures, avec ma femme, dans les salons de chez Pihan. Elle l'a pris. ma femme me l'a confirmé. Pas un instant elle n'a parlé de se rendre à Anseval. De retour ici, j'ai relu votre rapport avec soin.

Le visage de Maigret s'était éclairé, et déjà il ouvrait la bouche pour parler, triomphant.

— Un instant ! N'allez pas trop vite. Cette nuit, vous avez trouvé vide la chambre de cette même Lise Gendreau. Son frère vous a déclaré qu'elle se trouvait dans la Nièvre.

— Donc...

— Cela ne prouve rien. Richard Gendreau ne vous parlait pas sous la foi du serment. Vous n'aviez aucun mandat, aucun titre à l'interroger.

— Mais maintenant...

— Maintenant. pas davantage. Voilà pourquoi je vous conseille...

Maigret ne comprenait plus. On le soumettait à la douche écossaise, et il ne savait plus quelle contenance prendre. Il avait chaud. Il était humilié d'être traité en enfant.

— Vous avez déjà établi vos projets de vacances ?

Il faillit répondre par une incongruité.

— Je sais que les fonctionnaires ont l'habitude de fixer longtemps à l'avance l'emploi des « ponts » et des congés. Cependant, si vous le désirez. vous pourriez prendre vos vacances dès à présent, dès aujourd'hui. Je crois même que cela mettrait ma conscience en repos. Surtout si vous n'aviez pas l'intention de vous éloigner de Paris. Un policier en vacances n'est plus un policier. et il y a des démarches qu'il peut se permettre alors qu'il serait difficile à l'administration de les couvrir.

L'espoir encore. Mais il avait toujours peur. Il s'attendait à un nouveau retournement.

— J'espère, bien entendu, que je ne recevrai aucune plainte à votre sujet. S'il vous arrivait d'avoir quelque chose à me communiquer, ou un renseignement à me demander, vous pourriez m'appeler boulevard de Courcelles. Vous trouverez mon numéro à l'annuaire.

Maigret ouvrait la bouche une fois de plus, cette fois pour remercier, mais le commissaire le poussait insensiblement vers la porte, paraissait soudain se souvenir d'un détail futile, laissait tomber :

— Au fait, il y a déjà six ou sept ans que Félicien Gendreau, le père, a un conseil de famille, tout comme un jeune écervelé. C'est Richard, depuis la mort de sa mère, qui a la direction effective des affaires. Votre femme va bien ? Elle s'habitue à la vie de Paris et à son nouvel appartement ?

Maigret, après qu'une main sèche eut serré la sienne, se retrouva de l'autre côté de la porte rembourrée. Il était encore étourdi et il marchait machinalement vers son pupitre noir quand son regard tomba sur une des silhouettes assises sur le banc, de l'autre côté de ce qu'il appelait le comptoir.

C'était Justin le flûtiste, vêtu de noir, mais sans son habit de soirée, cette fois, sans pardessus mastic, Justin Minard qui attendait paisiblement entre un clochard et une grosse femme au châle vert qui allaitait son bébé.

Le musicien lui adressa un clin d'œil, comme pour lui demander s'il pouvait s'avancer vers la barrière. Maigret, de son côté, lui fit un petit signe d'intelligence, rangea ses papiers, mit un de ses collègues au courant des affaires en cours.

— Congé ! annonça-t-il.

— Congé, en avril, avec un souverain étranger sur les bras ?

— Congé.

Et l'autre, qui savait Maigret jeune marié :

— Bébé ?

— Pas bébé ?

— Malade ?

— Pas malade.

Cela devenait plus inquiétant, et le collègue hocha la tête.

— Enfin ! Cela te regarde. Bonnes vacances quand même. Il y a toujours eu des veinards.

Maigret prit son chapeau, mit ses manchettes — qu'il retirait en arrivant au bureau, — franchit le portillon qui séparait les agents du public. Justin Minard se leva tout naturellement et tout naturellement aussi lui emboîta le pas sans rien dire.

Avait-il reçu une raclée de sa femme, comme Besson le laissait entendre ? Il était là, tout blond, tout frêle, les pommettes roses, les yeux bleus, et il s'accrochait aux pas de Maigret comme un chien perdu se raccroche à un passant.

Il y avait plein de soleil dehors, des drapeaux à toutes les fenêtres. On avait l'impression que l'air était vibrant de tambours et de clairons. Les gens marchaient joyeusement, et, à force de voir passer des défilés, la plupart des hommes avaient une démarche martiale.

Quand Minard se plaça enfin à la gauche de Maigret, sur le trottoir, ce fut pour questionner avec sollicitude :

— Vous êtes renvoyé ?

Il croyait évidemment, qu'on renvoie un fonctionnaire aussi facilement qu'un flûtiste d'orchestre et il était malheureux à l'idée que c'était en somme à cause de lui.

— Je ne suis pas renvoyé. Je suis en vacances.

— Ah !

Ce « ah ! » était trouble. Il contenait une inquiétude, déjà presque un reproche.

— Ils préfèrent que vous ne soyez pas là

pour le moment, n'est-ce pas ? Je suppose qu'ils vont laisser tomber l'affaire ? Et ma plainte ?

Le ton se durcissait.

— Ils ne vont pas escamoter ma plainte, au moins ? J'aime mieux vous dire tout de suite que je ne me laisserais pas faire.

— La plainte suit son cours.

— Tant mieux ! Surtout que j'ai des nouvelles pour vous. En tout cas, une nouvelle...

Ils avaient atteint la place Saint-Georges, calme, provinciale, avec son petit bistrot qui sentait le vin blanc. Maigret, tout naturellement, en poussait la porte. Il y avait vraiment, cet après-midi-là, des bouffées de vacances dans l'air. L'étain du comptoir était fraîchement astiqué, le vin de Vouvray, dans les verres, avait des reflets verdâtres qui donnaient soif.

— Vous avez vu deux bonnes dans la maison, n'est-ce pas ? C'est bien ce que vous m'avez dit ?

— Germaine et Marie, récita Maigret. Sans compter Mme Louis, la cuisinière.

— Eh bien ! il n'y en avait qu'une.

On lisait une joie enfantine dans les yeux du musicien qui avait plus que jamais l'air d'un chien affectueux rapportant un morceau de bois à son maître.

— J'ai bavardé avec la crémière qui sert les Gendreau, rue Fontaine, juste à côté du tabac qui fait le coin.

Maigret le regardait, étonné, un peu gêné, et il ne pouvait s'empêcher de penser aux raclées de l'espèce de Carmen.

— L'aînée des bonnes, Germaine, est depuis samedi dans l'Oise, où sa sœur attend un bébé. J'ai toutes mes journées libres, vous comprenez ?

— Mais votre femme ?

— Cela n'a pas d'importance, répéta-t-il d'un petit air détaché. Je me suis dit que, si vous

41

continuiez l'enquête, je pourrais peut-être vous donner un coup de main par-ci par-là. Les gens, en général, sont gentils avec moi, je me demande pourquoi.

Et Maigret pensait : « Sauf Carmen ! »

— Maintenant, c'est ma tournée. Si ! Ce n'est pas parce que je ne bois que du vichy-fraise que je ne peux pas offrir ma tournée. Vos vacances, c'est de la blague, hein ?

Etait-ce trahir le secret professionnel que de battre des cils ?

— Le contraire m'aurait déçu de votre part. Je ne connais pas ces gens-là. Je n'ai personnellement rien contre eux. N'empêche que leur Louis a une tête d'assassin et qu'ils ont menti.

Une petite fille en rouge vendait du mimosa tout frais arrivé de Nice, et Maigret en acheta une botte pour sa femme qui ne connaissait la Côte d'Azur que par une carte postale en couleurs représentant la baie des Anges.

— Vous n'avez qu'à me dire ce que je dois faire. Surtout, n'ayez pas peur que je vous attire des ennuis ! J'ai tellement l'habitude de me taire !

Son regard suppliait. Il aurait bien voulu offrir un autre Vouvray à Maigret pour le décider, mais il n'osait pas.

— Dans ces maisons-là, il y a toujours des tas de saletés cachées ; seulement elles ne sont pas cachées pour tout le monde. Les domestiques parlent généralement trop et les fournisseurs en savent long.

Machinalement, sans se rendre compte qu'il scellait en quelque sorte son alliance avec le flûtiste, Maigret murmura :

— Mlle Gendreau n'est pas à Anseval, comme son frère l'a prétendu.

— Alors où est-elle ?

— Puisque la femme de chambre, Germaine, n'était pas dans la maison, c'est probablement

Lise Gendreau que j'ai vue, en chemise, dans la chambre de bonne.

Cela le gênait. Il avait passé sa jeunesse à l'ombre d'un château dont son père était le régisseur. Il avait acquis malgré lui le respect des grands, des riches. Et, le plus curieux, c'est que le flûtiste partagea sa gêne, resta un bon moment sans parler, à fixer son vichy-fraise.

— Vous croyez ? questionna-t-il enfin, troublé.

— En tout cas, il y avait une femme en chemise dans la chambre de la bonne Une grosse fille, qui sentait le fade.

Et cela aussi le gênait, comme si les demoiselles de la grande bourgeoisie, dont le nom s'étale en lettres capitales dans les couloirs du métro, n'eussent pas pu sentir le fade, tout comme des filles de la campagne.

Les deux hommes eurent ainsi, devant leur verre, dans l'odeur mêlée de mimosa, de vin blanc et de fraisette, avec un rayon de soleil sur la nuque, une rêverie imprécise, et Maigret tressaillit quand la voix de son compagnon le rappela à la réalité en prononçant le plus naturellement du monde :

— Qu'est-ce que nous faisons ?

CHAPITRE III

LES TOURNEES DU PERE PAUMELLE

IL EST RECOMMAN-
dable que les inspecteurs possèdent chez eux
l'habit noir, le smoking et la jaquette, sans les-
quels il n'est point possible d'avoir accès dans
certaines réunions mondaines.

C'était dans les instructions qu'il avait aussi
fraîches à la mémoire qu'un premier commu-
niant son catéchisme. Mais les instructions
avaient dû être rédigées avec trop d'optimisme.
Ou alors il fallait donner au mot « certaines »
un sens fort restrictif.

Il avait essayé son habit, la veille au soir,
avec l'idée de pénétrer dans les milieux fré-
quentés par les Gendreau, au cercle Hoche,
par exemple, ou au cercle Haussmann, et une
toute petite phrase de sa femme avait suffi à
lui rendre son bon sens.

— Tu es beau, Jules ! s'était-elle écriée, tandis qu'il se regardait dans la glace de l'armoire.

Elle ne se serait pas permis d'être ironique.
Elle était certainement sincère. Il n'y en avait

pas moins quelque chose d'indéfinissable dans son accent, dans son sourire, qui l'avertissait de ne pas essayer de se faire passer pour un jeune *clubman*.

On sonnait une retraite aux flambeaux place de la Bastille. Ils s'étaient accoudés tous les deux à leur fenêtre, et, à mesure que la fraîcheur de la nuit les enveloppait, Maigret avait plus de peine à garder son optimisme intact.

— Tu comprends, si je réussis, c'est la quasi-certitude d'entrer tout de suite au quai des Orfèvres. Une fois là...

Que pouvait-il ambitionner de plus ? Faire partie de la Sûreté, peut-être de la fameuse brigade du chef, comme on appelait alors la brigade des homicides !

Il suffisait pour cela de réussir son enquête, c'est-à-dire, sans attirer l'attention, de découvrir les secrets les plus cachés d'un riche hôtel particulier de la rue Chaptal.

Il avait eu un sommeil agité, et, dès son réveil, à six heures du matin, une nouvelle occasion s'était présentée de penser avec une certaine ironie à son manuel.

Une casquette, un foulard, une veste usagée constituent, l'expérience l'a démontré, un très efficace déguisement.

Cette fois, tandis qu'il se contemplait dans le miroir, Mme Maigret n'avait pas ri. Elle avait prononcé avec une pointe d'attendrissement :

— Il faudra que, le mois prochain, tu t'achètes un costume.

C'était très subtil. Cela signifiait que son vieux veston n'était pas beaucoup plus fatigué que ce qu'on appelait son beau costume. Autrement dit qu'il n'avait pas besoin de se déguiser.

C'est pourquoi il avait fini par mettre son col et sa cravate, ainsi que son chapeau melon.

Le temps était toujours magnifique, comme fait exprès pour le souverain que l'on conduirait tout à l'heure à Versailles. Cent ou deux cent mille Parisiens étaient déjà en route pour la ville royale, dont les parcs seraient ce soir jonchés de papiers gras et de litres vides.

Justin Minard, lui, devait prendre son train pour Conflans, où il essayerait de rencontrer la fameuse Germaine, la femme de chambre des Gendreau.

— Si je peux seulement mettre la main sur elle, avait-il dit avec sa douceur désarmante, je suis sûr qu'elle me racontera tout ce qu'elle sait. J'ignore à quoi ça tient, mais les gens éprouvent toujours le besoin de me raconter leur histoire.

Il était sept heures quand Maigret prit en quelque sorte possession de la rue Chaptal, et il se félicita de ne pas s'être mis en casquette et en foulard, car la première personne qu'il rencontra était un agent de son commissariat qui le salua par son nom.

Il existe des rues où il est facile de se « planquer » grâce au mouvement, aux boutiques, aux cafés, mais la rue Chaptal n'est pas de celles là, courte et large, sans commerce et, pour ainsi dire, sans passage.

Tous les rideaux de l'hôtel des Gendreau-Balthazar étaient clos, et il en était de même de la plupart des fenêtres de la rue. Maigret se tenait tantôt à un coin, tantôt à un autre, pas très à son aise, et quand une première bonne sortit d'un des immeubles pour aller chercher son lait rue Fontaine, à côté du bureau de tabac, il eut l'impression qu'elle le regardait d'un œil soupçonneux et pressait le pas.

Ce fut la plus mauvaise heure de la journée.

Malgré le soleil, l'air était encore frisquet, et il n'avait pas mis de pardessus, car il ferait chaud tout à l'heure. Les trottoirs étaient rigoureusement déserts. Le tabac du coin n'ouvrit qu'à sept heures et demie, et Maigret y but un mauvais café qui lui tourna sur le cœur.

Encore une bonne avec sa boîte à lait, puis une autre. On avait l'impression qu'elles sortaient de leur lit et n'étaient pas encore lavées. Puis des persiennes qui s'ouvraient, par-ci par-là, des femmes en papillotes qui regardaient dans la rue et qui, invariablement, l'observaient avec méfiance. Mais rien ne bougeait chez les Gendreau ; ce fut à huit heures et quart seulement qu'un chauffeur en uniforme noir très collant s'en vint par la rue Notre-Dame-de-Lorette et sonna au portail.

Heureusement que le *Vieux Calvados* venait d'ouvrir. C'était le seul endroit de la rue où trouver refuge, au coin de la rue Henner, pas tout à fait en face des Gendreau. Maigret eut juste le temps de franchir le seuil.

Un Louis en gilet rayé ouvrait la porte cochère, puis échangeait quelques phrases avec le chauffeur. La porte restait ouverte, comme elle devait l'être toute la journée. Au fond du porche, on apercevait une cour ensoleillée, un peu de verdure, un garage, et un bruit de sabots laissait supposer qu'il existait aussi des écuries.

— C'est pour casser la croûte ?

Un homme très gros, très rouge, aux tout petits yeux, regardait paisiblement Maigret qui tressaillit.

— Que diriez-vous de quelques tranches d'andouille avec une bolée de cidre ? C'est encore ce qu'il y a de meilleur pour tuer le ver.

C'est ainsi que cette journée embraya, une journée comme Maigret devait en vivre beaucoup au cours de sa carrière, mais qui lui fit, alors, l'effet d'un rêve.

L'endroit, déjà, était assez extraordinaire. Dans cette rue d'hôtels particuliers et d'immeubles de rapport, le *Vieux Calvados* avait l'air d'une auberge de campagne qu'on aurait oubliée quand Paris s'était étendu de ce côté. La maison était basse, étroite. On descendait une marche et on se trouvait dans une pièce assez sombre, très fraîche, où le comptoir d'étain avait des reflets rares et où les bouteilles paraissaient figées depuis des éternités.

L'odeur, aussi, était unique. Cela tenait peut-être à la trappe qui s'ouvrait dans le plancher et qui communiquait avec la cave.

Une sorte d'haleine en montait, acide, cidre et calvados, vieille barrique, moisissure, en même temps que d'autres odeurs venaient de la cuisine. Au fond de la pièce, un escalier en colimaçon conduisait à l'entresol, et tout cela avait l'air d'un décor ; le patron, court sur pattes, très large, le front têtu, les yeux petits et brillants, allait et venait comme un acteur.

Est-ce que Maigret aurait pu faire autre chose qu'accepter ce qu'on lui servait ? Il n'avait jamais bu de cidre à son petit déjeuner. Ce fut sa première expérience et, contre son attente, il en eut la poitrine envahie de chaleur.

— J'attends quelqu'un, éprouva-t-il le besoin de déclarer.

— Je m'en fous !

A moins que le mouvement de ses grosses épaules signifiât : « Ce n'est pas vrai ! »

Car il y avait quelque chose d'ironique dans son regard, de tellement ironique même qu'après peu de temps Maigret se sentit mal à l'aise.

Le patron mangeait, lui aussi, au comptoir, d'épaisses tranches d'andouille et, après un quart d'heure, il avait vidé le pichet de cidre qu'il était allé tirer au tonneau, dans la cave.

Chez les Gendreau, on pouvait parfois apercevoir, dans la cour, le chauffeur, qui avait retiré sa veste, occupé à laver au jet une auto dont on n'apercevait que les roues avant. Mais ce n'était pas une Dion-Bouton. C'était une limousine noire, aux gros phares de cuivre.

Les passants étaient toujours rares dans la rue, quelques employés qui se dirigeaient vers le métro, des bonnes ou des ménagères qui se hâtaient vers les boutiques de la rue Fontaine.

Personne n'entrait au *Vieux Calvados*, où une femme énorme parut, les pieds d'abord, chaussés de pantoufles rouges, dans l'escalier en colimaçon, et, sans un mot, entra dans la cuisine.

Les agents chargés d'une surveillance ne s'appartiennent plus ; leurs actes sont en effet déterminés par les démarches mêmes de l'individu surveillé.

Des rideaux s'ouvrirent au premier étage, et c'étaient ceux de la chambre de Richard Gendreau. A ce moment-là, il était neuf heures. Le patron du *Vieux Calvados* se mouvait lentement dans la pièce, un torchon à la main, et on aurait dit qu'il le faisait exprès de ne pas engager la conversation.

— Il me semble qu'on me fait attendre, dit Maigret qui éprouvait le besoin de prendre une contenance.

Ce n'était pas un bar, mais un restaurant d'habitués. Sur les tables, il y avait des nappes à petits carreaux rouges, comme les rideaux. Des odeurs de cuisine arrivaient déjà par la porte du fond, et on entendait les pommes de terre qu'on épluchait tomber une à une dans un seau.

Pourquoi le patron et sa femme ne se parlaient-ils pas ? Depuis que la femme était descendue. ils avaient l'air. tous les deux — tous les trois. plus exactement — de jouer une étrange pantomime.

Le patron essuyait ses verres, ses bouteilles, astiquait l'étain du comptoir, hésitait un instant devant plusieurs cruchons en terre et finissait par en choisir un. Alors, d'autorité, il remplissait deux verres, désignait l'horloge fixée sur un des murs. à côté d'un calendrier réclame, et prononçait simplement :

— C'est la bonne heure.

Ses petits yeux guettaient les réactions de Maigret au contact de son calvados. il claquait la langue, reprenait son torchon. qu'il accrochait à ses bretelles quand il ne s'en servait pas.

A neuf heures et demie. le chauffeur. en face, endossa sa veste, et on entendit les explosions du moteur qu'on mettait en marche. L'auto vint se ranger sous le porche ; quelques minutes plus tard. Richard Gendreau, en complet gris, un œillet à la boutonnière, y prenait place.

Est-ce que le patron du restaurant était simplement un imbécile malicieux ? Est-ce qu'au contraire il avait déjà tout deviné ? Il regarda l'auto qui passait, puis Maigret. puis il poussa un léger soupir et reprit son travail.

A neuf heures et trois quarts il passa à nouveau derrière son comptoir, choisit un autre cruchon, emplit deux petits verres. sans un mot. et en poussa un vers son client.

Plus tard dans la journée. seulement. Maigret devait apprendre que c'était un rite, ou une manie. De demi-heure en demi-heure. il y avait le petit verre de calvados qui expliquait le teint couperosé du bonhomme et l'humidité dans laquelle ses prunelles ne tardaient pas à nager

— Je vous remercie, mais...

Tant pis ! Refuser était impossible. Il y avait

une telle autorité dans le regard qui se fixait sur lui qu'il préférait avaler l'alcool qui commençait à le troubler.

A dix heures, il demanda :

— Vous avez le téléphone ?

— A l'entresol, en face des cabinets.

Maigret s'engagea dans l'escalier en colimaçon, découvrit une petite pièce où il n'y avait que quatre tables aux nappes quadrillées. C'était bas de plafond. Les fenêtres s'amorçaient dès le plancher.

Cafés Balthazar... Avenue de l'Opéra... Entrepôts... Quai de Valmy... Direction... Rue Auber...

Il appela la rue Auber.

— Je voudrais parler à M. Richard Gendreau.

— De la part de qui ?

— Dites que c'est de la part de Louis.

Presque aussitôt il reconnut la voix de Gendreau à l'autre bout du fil.

— Allô ! Louis ?

Le ton était inquiet. Maigret raccrocha. Par la fenêtre, il pouvait voir le maître d'hôtel en gilet rayé qui était venu se camper sur le trottoir, où il fumait tranquillement une cigarette. Il n'y resta pas longtemps. Il dut entendre la sonnerie du téléphone.

Son patron, alarmé, l'appelait à l'appareil.

Bon ! Richard Gendreau était donc à son bureau, où il devait passer une bonne partie de ses journées. Louis ne revenait pas, mais on n'avait toujours pas refermé la porte cochère.

Un visage très jeune parut à une fenêtre du second étage, dont on venait d'ouvrir les rideaux. C'était Marie, la petite bonne, avec un nez pointu. un cou d'oiseau déplumé, des cheveux ébouriffés sur lesquels était posé un joli bonnet de dentelle. Elle était vêtue de noir et portait un tablier de soubrette comme Maigret n'en avait vu qu'au théâtre.

Il eut peur de rester trop longtemps à l'entresol et d'éveiller la méfiance du patron. Il descendit juste à temps pour le troisième calvados qu'on lui servit avec la même autorité que les précédents. Avec le verre, on poussait vers lui une soucoupe sur laquelle il y avait des tranches d'andouille, et le bonhomme déclarait :

— Je suis de Pontfarcy !

Il prononçait ce mot avec tant de gravité qu'il devait contenir un sens mystérieux. Est ce que cela expliquait l'andouille ? Est-ce que les gens de Pontfarcy ont l'habitude d'avaler un verre de calvados toutes les demi heures ? Il ajouta :

— Près de Vire !

— Vous permettez que je téléphone à nouveau ?

Il n'était pas dix heures et demie, et déjà les lieux lui étaient familiers, il commençait à se sentir à l'aise et même assez guilleret. C'était amusant, cette fenêtre qui allait du plancher au plafond et qui, du dehors, laissait voir les dîneurs par en dessous.

— Allô ! Je suis bien chez M. Gendreau-Balthazar ?

Cette fois, c'était la voix du sinistre Louis.

— Je voudrais parler à Mlle Gendreau, s'il vous plaît ?

— Mademoiselle n'est pas ici. Qui est à l'appareil ?

Comme la première fois, il raccrocha et se retrouva dans la salle du rez-de-chaussée, où le patron, plus grave que jamais, transcrivait le menu du jour sur une ardoise en réfléchissant à chaque mot.

Il y avait beaucoup de fenêtres ouvertes, maintenant, et des carpettes qu'on battait au-dessus du vide de la rue. Une vieille dame en noir, avec une voilette mauve, promenait un petit chien qui s'arrêtait à chaque seuil pour lever la patte. mais ne faisait rien.

— Je me demande, murmura Maigret avec un rire forcé, si mon ami n'a pas oublié notre rendez-vous.

Est-ce que l'autre y croyait ? Avait-il deviné que Maigret était de la police ?

A onze heures, dans la cour des Gendreau, un cocher attela un cheval bai à un coupé. Or ce cocher n'était pas entré dans la maison par la porte cochère. Il ne devait pas dormir dans l'hôtel particulier, ce qui laissait supposer que celui-ci avait une autre issue.

A onze heures et quart. Félicien Gendreau, le père, descendit, en jaquette, gants jaunes, chapeau beige, sa canne à la main, ses moustaches bien cirées, et le cocher l'aida à monter dans la voiture qui prit la direction de la rue Blanche. Sans doute le vieux monsieur allait-il faire un tour au Bois et déjeunerait-il à son club.

... il est recommandable que les inspecteurs possèdent chez eux l'habit noir, le smoking et la jaquette...

Et Maigret, qui se regardait dans la glace, entre les bouteilles, avait un sourire amer. Et des gants jaunes, sans doute ? Et une canne à pommeau d'or ! Et des guêtres claires sur des souliers vernis !

C'était bien sa chance, pour sa première enquête ! Il aurait pu avoir à pénétrer dans n'importe quel milieu, chez des petits bourgeois, des boutiquiers, des chiffonniers, des clochards. Il lui semblait que cela aurait été facile. Mais cet hôtel particulier, avec sa porte cochère qui l'impressionnait plus qu'une porte d'église, son péristyle de marbre, sa cour même où on asti-

quait une limousine pour l'un des maîtres, avant
d'atteler, pour l'autre, un cheval de prix !

Calvados ! Il n'y avait rien d'autre à faire. Il
tiendrait bon jusqu'au bout. Il se raccrocherait
au *Vieux Calvados* aussi longtemps qu'il faudrait.

Il n'avait pas aperçu Mme Louis. Sans doute
qu'elle ne faisait pas son marché tous les matins, qu'elle avait des provisions à la maison ?
Il est vrai que ces messieurs devaient déjeuner
dehors.

Justin Minard avait de la chance. Il était
maintenant à la campagne. Il s'occupait de Germaine Babœuf — on avait appris son nom par
la crémière — qui était chez sa sœur, sans
doute dans une honnête petite bicoque avec un
jardin et des poules.

» Vous croyez que votre femme ?...

» Cela n'a pas d'importance.

Et Mme Maigret qui, aujourd'hui, avait décidé de nettoyer l'appartement à fond !

— Tu crois que cela en vaut la peine ? lui
avait-il dit. Nous y resterons si peu de temps !
Nous trouverons sûrement un logement dans
un quartier plus agréable.

Il ne se doutait pas que, trente ans plus
tard, ils habiteraient toujours le même logis du
boulevard Richard-Lenoir, agrandi de l'appartement voisin.

A onze heures et demie, enfin, il y eut des
clients au *Vieux Calvados*, des peintres en
blouse blanche qui connaissaient la maison, car
l'un d'eux salua le patron d'un familier :

— Salut, Paumelle !

Pour eux, ce fut un apéritif, qu'ils avalèrent
debout, en examinant l'ardoise du menu avant
de s'asseoir près de la fenêtre.

A midi, toutes les tables étaient occupées, et
Mme Paumelle surgissait de temps en temps
de sa cuisine, avec des plats à la main, tandis

que son mari s'occupait de la boisson, allant et
venant de la cave au rez-de-chaussée et du rez-
de-chaussée à l'entresol. La plupart des clients
étaient des ouvriers des chantiers voisins. mais
il y eut aussi deux cochers dont les fiacres
stationnèrent devant la maison.

Maigret aurait bien voulu téléphoner à
M. Le Bret pour lui demander conseil. Il avait
trop mangé, trop bu. Il se sentait engourdi et,
s'il avait été dans l'Oise à la place du flûtiste,
il se serait sans doute offert une sieste dans
l'herbe, sous un arbre, avec un journal étalé
sur son visage.

Il commençait à perdre confiance en lui,
voire en son métier qui, par instant, lui paraissait futile. Est-ce que c'est un travail d'homme
de traîner toute une journée dans un bistrot à
observer une maison où il ne se passe rien ?
Ceux qui étaient là avaient une tâche détermi-
née. Dans tout Paris. les gens allaient et venaient comme des fourmis, mais, au moins,
savaient-ils où ils allaient !

Personne n'était obligé, par exemple, de
boire chaque demi-heure un verre de calvados
avec un type dont les yeux devenaient de plus
en plus troubles, le sourire de plus en plus
inquiétant.

Paumelle se moquait de lui, il en avait la
conviction. Et que pouvait-il faire à son tour ?
Aller se planter sur le trottoir, en plein soleil,
à la vue des innombrables fenêtres de la rue ?

Cela lui rappelait un souvenir désagréable,
une aventure stupide qui avait bien failli le
déterminer à quitter la police. C'était à peine
vieux de deux ans. On l'avait mis à la « voie
publique ». et il était plus spécialement chargé
des voleurs à la tire dans le métro.

*Une casquette, un foulard, une veste usagée
constituent...*

Il y croyait encore en ce temps-là. Au fond, il y croyait toujours. C'était en face de la Samaritaine. Il gravissait l'escalier du métro. Juste devant lui, un type en chapeau melon coupait d'un geste preste le cordon du réticule d'une vieille dame. Maigret bondissait sur lui, s'emparait du sac, qui était en velours noir, essayait de maintenir l'homme qui se mettait à hurler :

— Au voleur !

Et c'était sur Maigret que la foule tombait à bras raccourcis, tandis que le monsieur en chapeau melon s'éloignait discrètement.

Il en arrivait, à présent, à avoir des doutes sur son ami Justin Minard. La fenêtre du second étage s'était peut-être ouverte ? Et puis après ? Tout le monde a le droit d'ouvrir sa fenêtre au beau milieu de la nuit. Il y a des gens qui sont somnambules, qui se mettent à crier...

Le *Vieux Calvados* redevenait désert. Le patron et la patronne, depuis le matin, n'avaient pas échangé un seul mot, chacun faisant son service en silence comme dans un ballet bien réglé.

Et voilà qu'enfin, à deux heures vingt minutes, il se produisait un événement. Une auto descendait la rue au ralenti, et c'était une Dion-Bouton grise avec, au volant, un chauffeur en peau de bique portant de grosses lunettes.

L'auto ne s'arrêtait pas devant la maison des Gendreau, mais passait lentement, et Maigret pouvait voir qu'il n'y avait personne à l'intérieur. Il pouvait aussi, en se précipitant vers la vitre, relever le numéro : *B. 780*.

Il n'y avait pas moyen de courir après la voiture, qui tournait le coin de la rue Fontaine. Il restait là, le cœur battant, et moins de cinq minutes plus tard la même auto passait à nouveau, toujours au ralenti.

Quand il se retourna vers le comptoir, Paumelle le regardait fixement, sans qu'on pût deviner ce qu'il pensait. Il se contenta de remplir deux verres et d'en pousser un vers son client.

L'auto ne reparut pas. C'était l'heure à laquelle le corps de ballet de l'Opéra jouait les nymphes dans les jardins de Versailles, avec tous ces messieurs en grande tenue, cent mille personnes qui s'écrasaient, des enfants qu'on hissait sur les épaules, des ballons rouges, des marchands de coco et des petits drapeaux en papier.

La rue Chaptal, elle, s'assoupissait. A peine si un fiacre passait de temps à autre, avec le bruit amorti des sabots du cheval sur le pavé de bois.

A quatre heures moins dix, Louis parut. Il avait passé un veston noir sur son gilet rayé et portait un chapeau melon noir. Il resta d'abord un moment planté dans l'encadrement du portail, alluma une cigarette, dont il soufflait insolemment la fumée devant lui, puis il marcha lentement jusqu'au coin de la rue Fontaine, et Maigret le vit entrer au bureau de tabac.

Il en ressortit bientôt et revint. Un instant, son regard accrocha l'enseigne du *Vieux Calvados* : il y avait trop de lumière dehors et trop de pénombre à l'intérieur pour qu'il pût reconnaître le secrétaire du commissariat Saint-Georges.

Est-ce qu'il attendait quelqu'un ? Est-ce qu'il hésitait à prendre une décision ? Il marcha jusqu'au coin de la rue Blanche et, là, il eut l'air d'apercevoir quelqu'un que Maigret ne pouvait pas voir, puis disparut à pas rapides.

Maigret faillit le suivre. Ce fut une sorte de respect humain qui l'en empêcha. Il sentait le regard trouble du patron fixé sur lui. Il lui faudrait trouver une explication, demander combien il devait, faire la monnaie et, quand il atteindrait la rue Blanche, le maître d'hôtel serait sans doute loin.

Un autre plan lui vint à l'espri. : payer tranquillement sa note, profiter de l'absence de Louis pour aller sonner en face, demander à parler à Mlle Gendreau, ou simplement à la jeune Marie.

Il ne fit ni l'un ni l'autre. Le temps de réfléchir, en effet, et un fiacre descendait la rue, venant de la rue Blanche. Le cocher au chapeau de cuir bouilli regardait soigneusement les numéros des maisons et s'arrêtait juste après l'hôtel des Gendreau. Il ne quittait pas son siège. Il paraissait avoir reçu des ordres. Le drapeau de son compteur était baissé.

Deux ou trois minutes s'écoulèrent tout au plus. Le museau de souris de Marie, toujours en tablier et en bonnet de dentelle, se montra sous la voûte. Puis elle disparut, revint avec un sac de voyage, regarda la rue des deux côtés et se dirigea vers la voiture.

Maigret, à cause de la vitre, ne put pas entendre ce qu'elle disait au cocher. Celui-ci, sans quitter son siège, souleva le sac qui ne devait pas être lourd et le posa à côté de lui.

Marie revint sur ses pas d'une démarche sautillante. Elle avait la taille aussi fine que Polaire et elle était si menue que la masse de ses cheveux semblait devoir compromettre son équilibre.

Elle disparut, et l'instant d'après un nouveau personnage parut, une femme, une jeune fille, grande, bien en chair, vêtue d'un tailleur bleu marine, un chapeau bleu sur la tête, avec une voilette blanche à gros pois.

Pourquoi Maigret rougit-il ? Parce qu'il l'avait vue en chemise, dans le désordre d'une chambre de bonne ?

Ce n'était pas une bonne, certes. Cela ne pouvait être que Lise Gendreau, qui, très digne malgré sa précipitation, roulant un peu des hanches, se dirigeait vers le fiacre, dans lequel elle prenait place.

Maigret était si ému qu'il faillit en oublier de prendre le numéro de la voiture : *48*. Il le nota tout de suite et rougit une fois encore sous le regard de Paumelle.

— Et voilà ! soupira celui-ci en cherchant quel nouveau cruchon il pourrait bien choisir.

— Voilà quoi ?

— Voilà comment cela se passe dans les bonnes familles, comme ils disent.

Il avait l'air de jubiler, sans toutefois se laisser aller à sourire.

— C'est ce que vous attendiez, n'est-ce pas ?

— Que voulez-vous dire ?

Il devint méprisant et poussa un verre devant Maigret. Renfrogné, il avait l'air de signifier à celui-ci : « Puisque vous voulez faire des cachotteries ! »

Et Maigret, pour se rattraper, comme pour rentrer en grâces :

— C'est Mlle Gendreau, n'est-il pas vrai ?

— Cafés Baltazar, oui, monsieur. Et je pense que nous ne la reverrons pas de sitôt dans notre rue.

— Vous croyez qu'elle est partie en voyage ?

L'expression du bonhomme devint écrasante. Il accablait son jeune client de tout le poids de ses cinquante ou soixante ans, de tous les petits verres qu'il avait bus avec des gens de toutes sortes, de sa connaissance de tous les secrets du quartier.

— Pour qui travaillez-vous ? questionna-t-il, soudain méfiant.

— Mais... je ne travaille pour personne...

Un simple regard, qui disait plus crûment que les mots : « Tu as menti ! »

Puis, avec un haussement d'épaules :

— Tant pis !

— Qu'est-ce que vous avez pensé !

— Avouez que vous avez déjà rôdé dans le quartier ?

— Moi ? Je vous jure...

C'était vrai. Il éprouvait le besoin de démontrer sa bonne foi. Et l'autre l'examinait tranquillement, semblait hésitant, soupirait enfin :

— Je vous avais pris pour un ami du comte.

— Quel comte ?

— Peu importe, puisque ce n'est pas vrai. Vous avez la même démarche, la même façon, à certains moments, de rentrer les épaules.

— Vous croyez que Mlle Gendreau est allée retrouver un comte ?

Paumelle ne répondit pas, car il regardait Louis qui venait de réapparaître au coin de la rue Fontaine. Comme il était parti par la rue Blanche, il avait fait le tour du pâté de maisons. Il semblait plus guilleret que tout à l'heure. Il avait vraiment l'air de se promener, en ne songeant qu'à humer le soleil. Il eut un coup d'œil à la perspective déserte de la rue, puis, en homme qui s'accorde un coup de blanc bien gagné, il pénétra au tabac du coin.

— Il vient quelquefois ici ?

Un *non* sec, catégorique.

— Il a une sale tête.

— Il existe beaucoup de gens qui ont une sale tête, mais c'est difficile d'en changer.

Etait-ce à Maigret qu'il faisait allusion en disant cela ? Il poursuivait, comme pour lui-même, tandis que des bruits de vaisselle arrivaient de la cuisine :

— Il y a aussi des gens qui sont francs et d'autres qui ne le sont pas.

Maigret eut l'impression qu'un rien le séparait de découvertes importantes, mais ce rien, malheureusement, c'était la confiance de ce gros homme imbibé de calvados. Etait-il trop tard pour la gagner ? Il l'avait sûrement perdue

61

en déclarant qu'il n'était pas 1 ami du comte. Il avait l'impression nette que toute la matinée avait été marquée du signe du malentendu.

— J'appartiens à une agence de police privée. dit-il à tout hasard.

— Voyez-vous ça !

Son chef ne lui avait-il pas recommandé de ne pas mêler la police officielle à l'affaire ?

Il plaida le faux pour savoir le vrai. Il aurait donné gros. à ce moment-là, pour avoir vingt ans de plus, et le poids, la carrure de son interlocuteur.

— Je me doutais qu'il se passerait quelque chose.

— Et cela s'est passé, vous voyez !

— Ainsi, à votre avis, elle ne reviendra pas ?

Il devait tomber sans cesse à côté, car Paumelle se contenta de hausser les épaules, non sans une certaine pitié. Alors il essaya d'un autre moyen.

— C'est ma tournée, déclara-t-il en désignant les flacons en terre cuite.

Est-ce que le patron allait refuser de trinquer avec lui ? Il haussa encore une fois les épaules, grommela :

— A l'heure qu'il est, on ferait mieux de boire une bouteille de bouché.

Il descendit la chercher à la cave. Si Maigret se sentait vague. après tous ces calvados de la journée, Paumelle gardait une démarche ferme. et l'escalier sans rampe qui ressemblait plutôt à une échelle ne l'effrayait pas.

— Voyez-vous, jeune homme, pour mentir, il faut être un vieux singe.

— Vous croyez que je...

L'autre remplissait les verres.

— Qui est-ce qui chargerait une agence de police privée de s'occuper de ça ? Pas le comte, n'est-ce pas ? Encore moins ces messieurs Gendreau, que ce soit le père ou le fils. Quant à M. Hubert...

— Quel Hubert ?

— Vous voyez ! Vous ne connaissez même pas la famille.

— Il y a un second fils ?

— Combien y a-t-il de maisons dans la rue ?

— Je ne sais pas... Quarante ?... Cinquante ?...

— Eh bien ! comptez-les... Ensuite, allez frapper à chaque porte. Peut-être que vous trouverez quelqu'un qui vous renseignera. Quant à moi, je vous demande pardon. Je ne vous mets pas dehors. Vous pouvez rester là si bon vous semble. Seulement c'est l'heure de ma sieste, et ça, c'est sacré.

Il y avait une chaise à fond de paille derrière le comptoir, et Paumelle s'y assit, le dos tourné à la devanture, croisa les mains sur son ventre, ferma les yeux et parut sombrer instantanément dans le sommeil.

N'entendant plus rien, sans doute, sa femme passa la tête par la porte de la cuisine, un torchon dans une main, une assiette dans l'autre, et, rassurée, retourna à sa vaisselle sans un regard à Maigret qui alla s'asseoir, assez penaud, près de la fenêtre.

CHAPITRE IV

LE VIEUX MONSIEUR DE L'AVENUE DU BOIS

IL ETAIT ENTENDU avec Minard que celui-ci, en rentrant de Conflans, déposerait un mot boulevard Richard-Lenoir pour donner de ses nouvelles.

— Mais ce n'est pas du tout sur votre chemin ! avait protesté Maigret.

Il avait reçu en réponse l'habituel :

— Cela n'a pas d'importance.

Maigret lui avait aussi posé une question timidement, car il se faisait scrupule de décourager le flûtiste.

— A quel titre allez-vous vous présenter là-bas ? Qu'est-ce que vous comptez leur dire ?

Ce n'est que maintenant, avec le recul, après une journée éreintante, alors que Maigret rentrait chez lui par les grands boulevards illuminés, que la réponse du musicien le terrifiait un peu.

— Je trouverais bien. N'ayez pas peur.

Pourtant, après un moment d'abattement, dans l'après-midi, peut-être à cause de l'écrasant patron du *Vieux Calvados,* peut-être à cause de la digestion trop difficile des petits verres ingurgités depuis le matin, Maigret se sentait mieux d'aplomb.

Il se passait même en lui quelque chose qu'il ne connaissait pas encore, et il ne se doutait pas que le déclic qui venait de se produire lui deviendrait si familier qu'il serait un jour légendaire au quai des Orfèvres.

Ce n'était guère jusqu'alors qu'une chaleur agréable dans tout le corps, une façon un peu plus appuyée de marcher, de regarder les gens, les ombres et les lumières, les fiacres et les tramways autour de lui.

Tout à l'heure, rue Chaptal, il en voulait à son commissaire de lui avoir permis cette enquête et il n'était pas loin de penser que c'était un mauvais tour que Le Bret lui jouait sciemment.

Est-ce qu'un homme, tout seul, peut s'attaquer à une forteresse comme l'hôtel des Balthazar ? Est-ce ainsi qu'ils travaillaient, les *grands* de la brigade du chef ? Ils avaient des tas de moyens à leur disposition, des dossiers, des fiches, des collaborateurs partout, des indicateurs. S'ils éprouvaient le besoin de faire filer dix personnes, ils mettaient dix inspecteurs sur les différentes pistes.

Or, maintenant, Maigret était soudain content d'être seul, seul à renifler dans les coins.

Il ne prévoyait pas non plus que ce serait un jour sa méthode et que, chef à son tour de la brigade spéciale, avec une petite armée de policiers sous ses ordres, il lui arriverait de faire personnellement une « planque », de suivre un suspect dans les rues, d'attendre pendant des heures dans un bistrot.

Avant de quitter le *Vieux Calvados*, où Paumelle ne lui accordait plus qu'une suprême indifférence, il avait encore donné deux coups de téléphone. A l'Urbaine, d'abord, car le fiacre que Lise Gendreau avait pris portait les couleurs de cette compagnie. Il avait dû attendre longtemps à l'appareil.

— Le 48 appartient au dépôt de La Villette. Son cocher s'appelle Eugène Cornille. Il a pris son service aujourd'hui à midi. Il y a peu de chances qu'il rentre au dépôt avant minuit.

— Vous ne savez pas où je pourrais le rencontrer d'ici là ?

— D'habitude, il stationne place Saint-Augustin, mais cela dépend évidemment des courses. Il y a par-là un petit restaurant qui s'appelle *Au Rendez-vous du Massif Central*. Il paraît que, chaque fois qu'il le peut, c'est là qu'il casse la croûte.

L'autre coup de téléphone était pour le service des automobilistes, à la Préfecture. Ce fut plus long de retrouver dans les dossiers le numéro de l'auto. Comme Maigret appelait, soi-disant, du commissariat, on lui proposa de le rappeler

— Je préfère rester à l'appareil.

Enfin on lui communiqua un nom et une adresse : marquis de Bazancourt, 3, avenue Gabriel.

Encore un quartier riche, sans doute un hôtel particulier, avec des fenêtres donnant sur les Champs Elysées. Il ne pouvait pas se permettre d'aller sonner à la porte. Il s'arrêta dans un bureau de tabac, en chemin, pour téléphoner.

— Je voudrais parler au marquis de Bazancourt, s'il vous plaît ?

Une voix rogue, au bout du fil.

— C'est personnel ?

Et comme il répondait affirmativement :

— Monsieur le marquis est mort il y a trois mois. Alors il eut un mot assez naïf :

— Personne ne le remplace ?

— Pardon ? Je ne comprends pas. Tous ses

biens ont été vendus, et il n'y a que l'hôtel qui n'ait pas encore trouvé preneur.

— Vous ne savez pas qui a acheté la Dion-Bouton?

— Un mécanicien de la rue des Acacias, dans l'avenue de la Grande-Armée. J'ai oublié son nom, mais je pense qu'il n'y a pas d'autre garage dans la rue.

A cinq heures, Maigret se rendait en métro à l'Etoile, trouvait, en effet, un garage dans la rue qu'on lui avait indiquée, mais celui-ci était fermé et on avait écrit sur un carré de papier :

S'adresser à côté.

Il y avait un savetier d'une part, un bistrot de l'autre. C'était au bistrot qu'il fallait se renseigner. Malheureusement, le marchand de vins ne savait rien.

— Dédé n'est pas venu aujourd'hui. Il bricole, vous savez. Il fait parfois des voyages pour des clients.

— Vous n'avez pas son adresse personnelle ?

— Il vit dans un hôtel meublé, du côté des Ternes, mais je ne sais pas au juste lequel.

— Il est marié ?

Maigret n'en fut pas sûr, car il n'osait pas trop pousser son questionnaire, mais il eut l'impression que Dédé était un monsieur d'un genre assez spécial et que, s'il avait une compagne, c'est sur le trottoir, entre l'Etoile et la place des Ternes, qu'il aurait le plus de chances de la rencontrer.

Il passa le reste de l'après-midi à chercher le cocher Cornille. Il dénicha le *Rendez-vous du Massif Central.*

— C'est bien rare qu'il ne vienne pas casser la croûte.

Malheureusement, c'est ce qui se produisit ce jour-là. Le hasard des courses n'avait pas une seule fois rapproché Cornille de son havre de Saint-Augustin.

Maigret rentrait enfin chez lui, passait sous la voûte. La concierge ouvrait le guichet pratiqué dans la porte vitrée.

— Monsieur Maigret !... Monsieur Maigret !... J'ai quelque chose d'important pour vous...

C'était un billet, qu'on lui recommanda de lire avant de gagner son appartement.

Ne montez pas chez vous tout de suite. Il faut d'abord que je vous parle. J'ai attendu aussi lontemps que j'ai pu. Venez me voir à la Brasserie de Clichy. La demoiselle est là-haut, avec votre femme.

Votre tout dévoué,

Justin Minard.

La nuit était tout à fait tombée. Sur le trottoir, Maigret leva la tête, aperçut le rideau baissé dans leur appartement, imagina les deux femmes dans la petite salle à manger qui servait de salon. Qu'est-ce qu'elles pouvaient bien se dire ? Mme Maigret, comme il la connaissait, avait dû mettre la table, peut-être servir le dîner ?

Il prit le métro, descendit place Blanche, pénétra dans la vaste salle de la brasserie où régnait une odeur de bière et de choucroute. Le petit orchestre de cinq musiciens jouait à ce moment. Justin ne jouait pas de la flûte, mais de la contrebasse, et, derrière l'énorme instrument, il paraissait encore plus fluet.

Maigret s'assit à une des tables de marbre, hésita, finit par commander une choucroute et un demi. Le morceau fini, Minard le rejoignit.

— Je vous demande pardon de vous avoir prié de venir jusqu'ici ; il était important que je vous parle avant que vous la voyiez.

Il était très excité, peut-être un peu inquiet, et Maigret se sentit inquiet à son tour.

— Je n'avais pas pensé que la sœur, étant mariée, porte un autre nom qu'elle. Cela m'a fait perdre du temps pour la découvrir. Son mari travaille au chemin de fer. Il est convoyeur et reste souvent deux ou trois jours absent. Ils habitent une maisonnette dans la verdure, à flanc de coteau, avec une chèvre blanche attachée à un piquet, des carrés de légumes derrière une palissade.

— Germaine est là ?

— Quand je suis arrivé, elles étaient attablées toutes les deux devant une énorme platée de boudin au sang, et cela sentait terriblement l'oignon.

— La sœur n'a pas accouché ?

— Pas encore. Elles attendent. Il paraît que cela peut prendre encore plusieurs jours. Je leur ai dit que j'étais agent d'assurances, que j'avais appris que la jeune dame allait avoir un bébé, que c'était le moment idéal pour signer une police.

Le violoniste, qui était en même temps chef d'orchestre, accrocha à une tringle un carton portant un numéro, frappa son pupitre du bout de son archet, et Justin, en s'excusant, grimpa sur l'estrade. Quand il revint, il se hâta de prononcer :

— N'ayez pas peur. Je crois que tout s'arrangera très bien.

» Je suis assez calé en assurances, car c'est une marotte de ma femme. Elle prétend que je n'en ai pas pour trois ans à vivre et que... Mais cela n'a pas d'importance ! La Germaine est une assez belle fille, avec de la chair, un gros chignon qu'elle doit tout le temps rattraper, des yeux qui vous font un drôle d'effet. Vous verrez ! Elle me regardait sans cesse. Elle m'a demandé à brûle-pourpoint pour quelle compagnie je travaillais. Je lui en ai cité une, au hasard, et alors elle a voulu savoir qui était mon chef de service. Elle m'a posé des tas d'autres questions et enfin elle a déclaré :

» — *J'ai eu pendant trois mois un ami qui était dans la même compagnie.*

» Puis sans transition :

» — *C'est Louis qui vous envoie ?* »

Il dut remonter sur l'estrade, et tout le temps d'une valse viennoise il jeta de petits coups d'œil à Maigret, comme pour le rassurer. Il semblait dire : « N'ayez pas peur ! Attendez la suite ! »

La suite, c'était :

— Je lui ai affirmé que ce n'était pas Louis.

» — *Ce n'est pas le comte non plus !* a-t-elle riposté.

» — Non.

» — *Quant à M. Richard... Dites donc ! Vous ne seriez pas un homme de M. Richard, des fois ?*

» Vous voyez le genre de fille ? Il fallait bien que je prenne une décision. Sa sœur est plus jeune qu'elle. Il n'y a qu'un an qu'elle est mariée. Elle était bonne à tout faire dans le quartier Saint-Lazare, où elle a connu son mari. Germaine n'était pas fâchée de l'épater. Si vous voulez mon avis, c'est une fille qui a la passion d'épater les gens. Il faut, coûte que coûte, qu'elle se rende intéressante, vous comprenez ?

» Elle a sans doute rêvé d'être actrice. Après avoir mangé, elle s'est mise à fumer une cigarette et elle ne sait pas du tout fumer.

» Il n'y a qu'une pièce dans la maison, avec un grand lit et un agrandissement de la photographie du mariage dans un cadre ovale.

» — *Vous êtes sûr que vous n'êtes pas un homme de M. Richard ?*

» Elle a des yeux à fleur de tête, et parfois, quand elle vous parle, son regard devient fixe. C'est gênant. On dirait que tout à coup elle n'a plus sa tête à elle, mais ce n'est qu'une impression, car elle ne perd pas le nord.

» — *Tu vois, Olga,* a-t-elle lancé à sa sœur, avec un air excédé, *ce que la vie, dans ce monde-là, est compliquée ? Je t'avais bien dit que cela finirait mal.*

» Je lui ai demandé quand elle comptait reprendre son service.

» — *Je crois bien que je ne remettrai jamais les pieds dans cette boîte.*

» Et elle voulait toujours savoir... Alors... »

Musique ! Le regard du flûtiste suppliait Maigret de prendre patience, de ne pas s'inquiéter.

— Voilà ! Tant pis si j'ai mal fait. Je lui ai avoué la vérité.

— Quelle vérité ?

— Que la demoiselle avait appelé au secours, que j'avais reçu un coup de poing de Louis, que vous étiez venu, qu'on vous avait montré une fille en chemise en prétendant que c'était Germaine. Elle est devenue furieuse. J'ai bien spécifié qu'il n'y avait pas d'enquête officielle, que vous vous occupiez de l'affaire à titre privé, que vous seriez heureux de la voir et, avant que j'aie fini de parler, elle s'est mise à s'habiller. Je la vois encore en culotte à festons et en cache-corset, fouillant dans sa valise, s'excusant auprès de sa sœur.

» — *Tu comprends,* disait-elle à celle-ci, *un bébé, ça finit toujours par sortir, tandis que moi, c'est une question de vie ou de mort.*

» J'étais embarrassé, mais j'ai pensé que cela vous serait utile de l'entendre. Je ne savais pas où la conduire. Je l'ai mise chez vous. J'ai pu parler bas à votre femme, sur le palier. Mon

Dieu ! quelle femme douce vous avez ! Je lui ai recommandé de ne pas la laisser filer.

» Vous m'en voulez ? »

Comment aurait-on pu lui en vouloir ? Maigret n'était pas très rassuré ; il soupira néanmoins :

— C'est peut-être une bonne chose.

— Quand est-ce que je vous verrai ?

Il se souvint qu'il devait rencontrer le cocher Cornille à minuit.

— Peut-être ce soir.

— Si je ne vous vois pas, je me permettrai de passer chez vous demain matin, maintenant que je connais la maison. Ah ! Encore un détail...

Il se troubla, hésita.

— Elle m'a demandé qui payerait ses frais, et je lui ai dit... Je ne savais que répondre... Je lui ai dit de ne pas s'inquiéter... Mais, vous savez, si ça vous gêne, je...

Cette fois, Maigret partit pendant la musique et se précipita vers la bouche de métro. Il ressentit une certaine émotion en voyant la lumière sous sa porte et il n'eut pas besoin de prendre sa clef dans sa poche, car Mme Maigret reconnaissait toujours son pas.

Elle le regarda d'un air entendu, en lançant gaiement :

— Il y a une charmante jeune fille qui t'attend.

Brave Mme Maigret ! Elle n'était pas ironique. Elle voulait être gentille. Le phénomène était là, les coudes sur la table, devant un couvert sale, une cigarette aux lèvres. Ses gros yeux s'accrochaient à Maigret comme si elle voulait le dévorer. Pourtant, elle avait encore une hésitation.

— C'est sûr que vous êtes de la police ?

Il préféra lui montrer sa carte, et, dès lors, elle ne le quitta plus du regard. Devant elle, il y avait un petit verre : Mme Maigret avait sorti son kirsch des grands jours.

— Je suppose que tu n'as pas dîné ?

— J'ai dîné, si.

— Dans ce cas, je vous laisse. Il faut que je fasse ma vaisselle.

Elle desservait la table, pénétrait dans la cuisine, hésitait à en refermer la porte.

— Votre ami est de la police aussi ?

— Non. Pas tout à fait. C'est par hasard...

— Il est marié ?

— Oui. Je crois.

Il était un peu mal à l'aise, dans le cadre familial, avec cette curieuse fille qui, elle, se tenait comme chez elle, se levait, arrangeait son chignon devant la glace de la cheminée, s'installait dans le fauteuil de Mme Maigret en murmurant :

— Vous permettez ?

Il lui demanda :

— Il y a longtemps que vous connaissez Mlle Gendreau ?

— Nous avons été à l'école ensemble.

— Je suppose que vous êtes d'Anseval, n'est-ce pas ? C'est à l'école d'Anseval que vous avez été condisciples ?

Cela l'étonnait que l'héritière des cafés Balthazar eût fait ses études dans une petite école de village.

— Je veux dire que nous sommes du même âge, à quelques mois près. Elle aura vingt et un ans le mois prochain, et je les ai depuis quinze jours.

— Et vous alliez toutes deux en classe à Anseval ? répéta-t-il.

— Pas elle. Elle était au couvent à Nevers. Mais c'était à la même époque.

Il comprit. Et dès lors, il se méfia, attentif à démêler le faux du vrai, le vrai de l'à peu près vrai ou du vraisemblable.

— Vous vous attendiez à ce qu'il se passe quelque chose rue Chaptal ?

— J'ai toujours pensé que cela tournerait mal.

— Pourquoi ?

— Parce qu'ils se détestent.

— Qui ?

— Mademoiselle et son frère. Il y a quatre ans que je suis dans la maison. J'y suis entrée tout de suite après la mort de Madame. Vous savez, n'est-ce pas, qu'elle est morte dans un accident de chemin de fer, alors qu'elle allait prendre les eaux à Vittel ? Cela a été affreux.

Elle disait cela comme si elle avait été présente lorsqu'on avait ramassé les cent et quelques cadavres sous les débris des wagons.

— Tant que Madame vivait, vous comprenez, le testament n'avait pas d'importance.

— Vous connaissez bien la famille.

— Je suis née à Anseval. Mon père y est né. Mon grand-père, qui était un des fermiers du comte, a joué aux billes avec le vieux monsieur.

— Quel vieux monsieur ?

— C'est comme ça qu'on le désigne encore dans le pays. Vous ne savez rien ? Je croyais la police au courant de tout.

— Vous parlez sans doute du vieux M. Balthazar ?

— M. Hector, oui. Son père était le bourrelier du village. C'était lui aussi qui sonnait les cloches à l'église. A douze ans, M. Hector était colporteur. Il allait de ferme en ferme avec sa boîte sur le dos.

— C'est lui qui a fondé les cafés Balthazar ?

— Oui. Cela n'a pas empêché, jusqu'à la fin, mon grand-père de le tutoyer. Il est resté longtemps sans revenir au pays. Quand on l'a revu, il était déjà riche, et on a appris qu'il avait racheté le château.

— A qui appartenait le château ?

— Au comte d'Anseval, parbleu.

— Et il n'y a plus de comte d'Anseval ?

— Il y en a encore un. L'ami de Mademoiselle. Vous ne m'offririez pas un autre petit verre de liqueur ? C'est de la liqueur de votre pays ?

— Du pays de ma femme.

— Quand je pense que cette chipie — ce n'est pas de votre femme que je parle — a eu le toupet de se faire passer pour moi et de coucher dans mon lit ! C'est vrai que vous l'avez vue en chemise ? Elle est plus grosse que moi. Il y a bien des choses que je pourrais dire sur son corps. Ses seins, tenez...

— Donc, le vieux Balthazar, le propriétaire des cafés, a racheté le château d'Anseval. Il était marié ?

— Il avait été marié, mais sa femme était déjà morte à cette époque-là. Il avait une fille, une belle femme, beaucoup trop fière. Il avait aussi un fils, M. Hubert, qui n'a jamais rien fait de bon. C'était un garçon aussi doux que sa sœur était dure. Il voyageait beaucoup, dans les pays étrangers.

— Tout cela se passait avant votre naissance ?

— Evidemment. Mais ça dure toujours !

Machinalement, Maigret avait tiré un calepin de sa poche et inscrivait des noms, un peu comme il eût tracé un arbre généalogique. Il sentait qu'avec une fille comme Germaine la précision était nécessaire.

— Donc, il y a d'abord eu Hector Balthazar, que vous appelez le vieux monsieur. Depuis combien de temps est-il mort ?

— Cinq ans. Juste un an avant sa fille.

Et Maigret pensant à Félicien Gendreau, qui était lui-même un vieux monsieur, de s'étonner :

— Il devait être très âgé ?

— Il avait quatre-vingt-huit ans. Il vivait seul, dans un immense hôtel particulier, avenue du Bois-de-Boulogne. Il dirigeait encore lui-même son affaire, avec l'aide de sa fille.

— Pas de son fils ?

— Jamais de la vie ! Son fils n'avait pas seulement le droit de mettre les pieds dans les bureaux. On lui servait une pension. Il habite sur les quais, pas loin du Pont-Neuf. C'est une sorte d'artiste.

— Un instant... Avenue du Bois... Sa fille mariée à Félicien Gendreau.

— C'est ça. Mais M. Félicien, lui non plus, n'avait pas le droit de s'occuper des affaires.

— Pourquoi ?

— On avait essayé, paraît-il, il y a longtemps... Il était joueur... Aujourd'hui encore, il passe ses après-midi aux courses... On prétend qu'il a fait quelque chose de mal, avec des traites, ou des chèques. Son beau-père ne lui adressait même plus la parole.

Par la suite, Maigret devait connaître l'hôtel de l'avenue du Bois, un des plus laids, des plus tarabiscotés de Paris, avec des tours moyenâgeuses et des vitraux. Il devait voir aussi une photographie du vieux, avec ses traits nettement dessinés, son teint crayeux, ses longs favoris blancs et la redingote qui ne découvrait que deux minces tranches du plastron autour de la cravate noire.

S'il avait été davantage au courant de la vie parisienne, il aurait su que le vieux Balthazar avait légué son hôtel à l'Etat, avec tous les tableaux qu'il avait amassés, à condition d'en faire un musée. On en avait beaucoup parlé à sa mort. Pendant plus d'un an, les experts s'étaient disputés, et le gouvernement avait fini par refuser le legs, car la plupart des toiles étaient fausses.

Maigret verrait un jour le portrait de la fille

aussi, ses cheveux tirés sur la nuque, sa silhouette à l'impératrice Eugénie, son visage aussi
froid que celui du fondateur de la dynastie.

Quant à Félicien Gendreau, il le connaissait,
et ses moustaches teintes, ses guêtres claires, sa
canne à pommeau d'or.

— Il paraît que le vieux détestait tout le
monde, y compris son fils, puis son gendre, puis
enfin M. Richard, qu'il a bien connu. Il ne faisait exception que pour sa fille et pour sa
petite-fille, Mlle Lise. Il prétendait que celles-là
seules étaient de sa race et il a laissé un testament compliqué. M. Braquement pourrait vous
en parler.

— Qui est M. Braquement ?

— Son notaire. Il a dans les quatre-vingts ans.
Tous les autres en ont peur, parce qu'il est seul
à savoir.

— A savoir quoi ?

— On ne me l'a pas dit. Tout cela doit se
découvrir quand Mlle Lise atteindra ses vingt
et un ans, et c'est pourquoi ils sont tellement
enragés en ce moment. Moi, je ne suis ni d'un
côté ni de l'autre... Si j'avais voulu...

Il eut une inspiration.

— M. Richard ? fit-il, entrant dans son jeu.

— Il a assez couru après mes jupes. Je lui ai
déclaré carrément qu'il se gourait et je lui ai
conseillé de s'en prendre à la Marie.

» — Celle-là est assez bête pour se laisser
faire, lui ai-je dit tout crûment.

— Il a suivi votre conseil ?

— Je n'en sais rien. Avec ces gens-là, on ne
sait jamais. Si vous voulez mon avis — et je les
connais ! — ils sont tous un peu fous.

Au moment même où elle parlait ainsi, ses
yeux étaient plus globuleux que jamais, son regard d'une fixité gênante. Elle se penchait vers
Maigret. On pouvait croire qu'elle allait lui saisir
les genoux.

78

— Louis est originaire d'Anseval, lui aussi ?

— C'est le fils de l'ancien instituteur. Il y en a qui prétendent qu'en réalité il est le fils du curé.

— Il est du côté de M. Richard ?

— Qu'est ce que vous dites ? Il passe sa vie, au contraire, sur les talons de Mademoiselle. Il est resté avec le vieux jusqu'à sa mort. C'est lui qui l'a soigné pendant sa maladie et il doit en savoir plus long que n'importe qui, peut être même que M. Braquement.

— Il ne vous a jamais fait la cour ?

— Lui ?

Et elle éclata de rire.

— Il serait bien en peine de le faire ! Il a l'air d'un homme, comme ça, avec tous ses poils noirs. Mais d'abord il est beaucoup plus vieux qu'on ne le croit. Il a au moins cinquante cinq ans. Et ce n'est pas un homme véritable. Vous comprenez ? C'est pour ça que Mme Louis et Albert...

— Pardon. Qui est Albert ?

— Le valet de chambre. Il vient d'Anseval, lui aussi. Il a été jockey jusqu'à l'âge de vingt et un an.

— Pardon. On m'a fait visiter toute la maison et je n'ai pas vu de chambre qui...

— Parce qu'il couche au-dessus des écuries, avec Jérôme ?

— Jérôme ?

— Le cocher de M. Félicien. Il n'y a qu'Arsène, le chauffeur, qui est marié et qui a un enfant, à coucher dehors.

Maigret, en fin de compte, avait griffonné des noms dans tous les sens sur la page de son calepin.

— Si quelqu'un a tiré sur Mademoiselle, et cela ne m'étonnerait pas, c'est sûrement M. Richard, au cours d'une de leurs disputes.

— Ils se disputent souvent ?

— Pour ainsi dire tous les jours. Une fois, il

lui a tellement serré les poignets qu'elle a eu
deux cercles bleus pendant une semaine. Mais
elle se défend, et il a reçu pour sa part de bons
coups de pied dans les jambes et peut-être même
un peu plus haut. Cependant, je parierais que
ce n'est pas sur Mademoiselle qu'on a tiré.

— Sur qui donc ?

— Sur le comte !

— Quel comte ?

— Vous ne comprenez donc rien ? Sur le
comte d'Anseval.

— C'est vrai ! Il existe encore un comte
d'Anseval.

— Le petit-fils de celui qui a vendu le château au vieux Balthazar. C'est Mademoiselle qui
l'a retrouvé, je ne sais pas où.

— Il est riche ?

— Lui ? Il n'a pas le sou.

— Et il fréquente la maison ?

— Il fréquente Mademoiselle.

— Il... Je veux dire...

— Vous me demandez s'il couche avec elle ?
Je ne crois pas qu'il en ait envie. Est-ce que
vous comprenez, maintenant ? Ils sont tous pi-
qués. Ils se battent comme des chiens. Il n'y a
que M. Hubert à ne s'occuper de rien, et les
deux autres, le frère et la sœur, essaient, chacun
de son côté, de le mettre dans le coup.

— Vous parlez d'Hubert Balthazar, le fils du
vieux ? Quel âge a-t-il ?

— Peut-être cinquante ans ? Peut-être un peu
plus ? Il est très fin, très distingué. Quand il
vient, il bavarde toujours avec moi. Dites donc !
A l'heure qu'il est, je n'ai plus de train pour
Conflans et il va falloir que je couche quelque
part. Vous avez un lit, ici ?

Il y avait quelque chose de si provocant dans
son regard que Maigret toussota et jeta un coup
d'œil machinal vers la porte de la cuisine.

— Nous n'avons malheureusement pas de

chambre d'amis. Nous venons tout juste de nous installer.

— Vous êtes jeunes mariés ?

Et ces mots, dans sa bouche, avaient un sens presque indécent.

— Je vais vous trouver une chambre à l'hôtel, dans le quartier.

— Vous allez déjà vous coucher ?

— J'ai encore un rendez-vous en ville.

— C'est vrai que les gens de la police ne doivent pas souvent dormir dans leur lit. C'est drôle, vous ne ressemblez pas du tout à un policier. J'en ai connu un, un sergent de ville du quartier, un grand, très brun, Léonard...

Maigret préférait ne pas savoir. Elle paraissait avoir connu beaucoup d'hommes, y compris l'agent d'assurances.

— Je suppose que vous aurez encore besoin de moi ? Il y aurait bien un moyen, c'est que je retourne chez eux, comme si de rien n'était. Je pourrais, chaque soir, vous raconter ce qui s'est passé.

On entendait des bruits de casserole dans la cuisine, mais ce n'est pas à cause de cela que Maigret déclina l'offre qui lui était faite. Germaine l'effrayait littéralement.

— Je vous verrai demain. Si vous voulez venir avec moi...

Avant de remettre son chapeau et son manteau, elle arrangea encore ses cheveux devant la glace, saisit le flacon de kirsch :

— Vous permettez ? J'ai tellement parlé, tellement réfléchi ! Vous ne buvez pas, vous ?

Ce n'était pas la peine de lui avouer le nombre de petits verres de calvados qu'il avait ingurgités, de gré ou de force, pendant la journée.

— J'ai sûrement encore des tas de choses à vous raconter. Il y a des gens qui écrivent des romans et qui n'ont pas vécu le quart de ce que j'ai vécu. Si je me mettais à écrire...

81

Il pénétra dans la cuisine, embrassa sa femme sur le front. Elle le regardait gaiement, avec une petite flamme malicieuse dans les yeux.

— Il se peut que je rentre assez tard.

Et elle, taquine :

— Prends ton temps, Jules !

Il y avait un hôtel meublé, quelques maisons avant le boulevard Voltaire. Dans la rue. Germaine, délibérément, avait saisi le bras de son compagnon.

— Ce sont mes talons Louis XV...

Parbleu ! Elle avait davantage l'habitude des sabots !

— Je trouve que vous avez une très gentille femme. Elle fait fort bien la cuisine.

Il n'osait pas lui donner de l'argent pour sa chambre. Il entra dans un bureau de l'hôtel et rougit quand le gardien de nuit lui demanda :

— C'est pour la nuit ou pour un moment ?

— Pour la nuit. Seulement pour Mademoiselle...

Pendant que l'employé examinait son tableau de clefs, Germaine s'appuyait davantage à son bras, sans excuse, maintenant qu'elle ne marchait pas.

— Le 18. C'est au second, à gauche. Attendez que je vous donne des serviettes.

Maigret préféra ne pas se rappeler comment il prit congé d'elle. Il y avait une bande de tapis rouge sur l'escalier. Elle tenait ses deux serviettes d'une main, sa clef, accrochée à une plaque de cuivre, dans l'autre. L'employé s'était replongé dans la lecture du journal.

— Vous êtes sûr que vous n'avez plus de questions à me poser ?

Elle se tenait sur la première marche. Ses yeux étaient plus globuleux, plus fixes que jamais. Pourquoi pensa-t-il à la mante religieuse qui dévore les mâles après le coït ?

— Non... Pas aujourd'hui..., dut-il balbutier.

— J'oubliais que vous avez un rendez-vous.

Sa lèvre humide avait un pli ironique.

— Alors, demain ?

— Demain, oui.

Du moins est-ce ainsi que cela avait dû se passer. Maigret n'avait pas encore l'habitude. Il se rappela seulement l'odeur de lessive au moment où il se précipitait dans l'escalier du métro, le déclic des portillons automatiques, un long voyage dans la grisaille du souterrain, avec des silhouettes qui oscillaient à chaque mouvement de la rame, des visages rongés par la lumière électrique, des yeux endormis.

Il se perdit dans des rues désertes, à peine éclairées, près de la porte de La Villette, trouva enfin un vaste hall encombré de fiacres au repos, brancards en l'air et, derrière, au-delà d'une cour, la chaleur des écuries.

— Cornille ? Non, il n'est pas encore rentré. Si vous voulez l'attendre ?

A minuit et demi seulement, un cocher complètement ivre le regarda avec étonnement.

— La petite dame de la rue Chaptal ? Attendez ! C'est elle qui m'a donné un franc de pourboire. Et le grand type brun...

— Quel grand type brun ?

— Celui qui m'a arrêté dans la rue Blanche pardi, et qui m'a dit d'aller attendre rue Chaptal en face du numéro... du numéro... C'est drôle que je ne me rappelle jamais les chiffres... Dans mon métier, pourtant...

— Vous l'avez conduite à la gare ?

— A la gare ? Quelle gare ?

Il avait les yeux noyés d'eau, et Maigret faillit attraper sur son pantalon le jus de sa chique qu'il envoyait d'un long jet droit devant lui.

— D'abord, ce n'était pas à la gare... Ensuite... Ensuite...

Maigret lui glissa un franc dans la main, lui aussi.

— C'est l'hôtel qui est en face des Tuileries, sur une petite place... Attendez.. Un nom de monument... Je confonds toujours les noms de monuments... L'*Hôtel du Louvre*... Viens, cocotte...

Il n'y avait plus de métros, plus d'autobus, ni de tramways, et Maigret dut cheminer à pied, dans l'interminable rue de Flandre, avant d'atteindre les lumières d'un quartier plus animé.

La *Brasserie de Clichy* devait être fermée, et sans doute Justin Minard avait-il réintégré son logement de la rue d'Enghien, où il s'expliquait avec sa femme.

CHAPITRE V

LA PREMIERE AMBITION DE MAIGRET

IL ETAIT EN TRAIN de se raser devant son miroir accroché à l'espagnolette, dans la salle à manger. C'était une manie qu'il prenait, le matin, de courir ainsi après sa femme, de faire sa toilette dans toutes les pièces, peut-être parce que c'était leur meilleur moment d'intimité. Il est vrai que Mme Maigret avait une qualité appréciable : elle était aussi fraîche, aussi enjouée à son réveil qu'au milieu de l'après-midi. Ils ouvraient les fenêtres, respiraient de l'air neuf. On entendait le marteau d'une forge, des bruits de camions, des hennissements de chevaux, on percevait même de chaudes bouffées de crottin quand on nettoyait les écuries de l'entreprise de déménagements d'à côté.

— Tu crois qu'elle est vraiment folle ?

— Si elle était restée dans son village, si elle s'était mariée et si elle avait eu dix enfants, cela ne se serait probablement pas remarqué. Peut-être n'auraient-ils pas été du même père, voilà tout.

— Dis donc, Maigret ! Je crois que c'est ton ami qui fait les cent pas sur le trottoir.

Il se pencha, la joue savonneuse, reconnut Justin Minard qui l'attendait sans impatience.

— Tu ne le fais pas monter ?

— Cela n'en vaut pas la peine. Je serai prêt dans cinq minutes. Tu comptais sortir aujourd'hui ?

Maigret lui demandait rarement ce qu'elle ferait dans la journée, et elle devina tout de suite.

— Tu veux que je chaperonne la demoiselle ?

— C'est fort possible que je t'en prie. Si je la lâche dans Paris, et comme il faudra bien qu'elle parle, coûte que coûte, Dieu sait à qui elle s'adressera et ce qu'elle racontera.

— Tu vas la voir maintenant ?

— Tout de suite.

— Elle sera dans son lit.

— Probablement.

— Je parie que tu auras de la peine à t'en dépêtrer.

Comme il sortait de la voûte, Minard l'accosta, se mit à marcher à côté de lui. le plus naturellement du monde, en questionnant :

— Qu'est-ce qu'on fait aujourd'hui, patron ?

Et Maigret devait se souvenir beaucoup plus tard que le petit flûtiste avait été le premier à l'appeler patron.

— Vous l'avez vue ? Vous avez des tuyaux ? Je n'ai presque pas dormi. Juste au moment où j'allais m'endormir, une question m'est entrée dans la tête.

Leurs pas sonnaient sur le trottoir du boulevard Richard-Lenoir. Ils apercevaient de loin l'animation du boulevard Voltaire.

— Si on a tiré, il est évident qu'on a tiré sur quelqu'un. Alors je me suis demandé si on l'avait atteint. Je ne vous ennuie pas ?

Tout au contraire, car c'était une question que Maigret s'était posée de son côté.

— Supposez que le coup de feu n'ait atteint personne. Il est évidemment difficile de se mettre à la place de gens comme ceux-là... Il me semble cependant que, s'il n'y avait ni blessé ni mort, ils ne se seraient pas donné la peine d'organiser toute cette mise en scène... Vous comprenez ?... Dès qu'on m'a eu mis à la porte, ils se sont dépêchés d'arranger la chambre pour faire croire que personne n'y avait mis les pieds... Il y a un autre détail : vous vous souvenez que, pendant que le maître d'hôtel essayait de me repousser, une voix, du premier étage, a prononcé :

» — *Dépêchez-vous, Louis !*

» Comme s'il y avait du vilain là-haut, n'est-ce pas ? Et, si on a fourré la demoiselle dans la chambre de bonne, c'est sans doute qu'elle était trop émue pour jouer son rôle...

» J'ai toute ma journée à moi... Vous pouvez m'envoyer où vous voudrez... »

A côté de l'hôtel meublé où Germaine avait passé la nuit, il y avait un café avec une terrasse, des guéridons de marbre blanc, un garçon à favoris, comme sur un calendrier-réclame, qui était en train d'astiquer les vitres à la craie.

— Attendez-moi ici.

Il avait hésité. Il avait failli envoyer Minard là-haut à sa place. Si on lui avait demandé pourquoi il avait besoin de voir la femme de chambre, il aurait été en peine de répondre. Il est vrai que, ce matin-là, il avait envie d'être partout à la fois. Il avait presque la nostalgie du *Vieux Calvados* et il s'en voulait de ne pas se trouver derrière les vitres, à observer les allées et venues de la maison de la rue Chaptal. Maintenant qu'il en connaissait un peu mieux les êtres, il lui semblait que la vue de Richard Gendreau montant en auto, de son père s'avançant vers sa voiture, de Louis venant prendre le frais sur le trottoir, aurait à ses yeux une signification précise.

Il aurait voulu être aussi à l'*Hôtel du Louvre,* avenue du Bois, et même à Anseval.

Seulement, de tous ces personnages qu'il ne connaissait pas deux jours plus tôt, il n'y en avait qu'un d'accessible, et il s'y raccrochait instinctivement.

Chose curieuse, ce sentiment-là avait ses racines dans des rêves d'enfant, d'adolescent. Si la mort de son père avait interrompu ses études de médecine après la seconde année, il n'avait jamais eu, en réalité, l'intention d'être un vrai médecin, de soigner des malades.

Pour tout dire, le métier qu'il avait toujours eu envie de faire n'existait pas. Tout jeune, dans son village, il avait eu l'impression que des tas de gens n'étaient pas à leur place, prenaient un chemin qui n'était pas le leur, uniquement parce qu'ils ne savaient pas.

Et il imaginait un homme très intelligent très compréhensif, surtout, à la fois médecin et prêtre, par exemple, un homme qui comprendrait du premier coup d'œil le destin d'autrui.

Ce qu'il avait répondu tout à l'heure à sa femme au sujet de Germaine était dans cette ligne : si elle était restée à Anseval...

On serait venu consulter cet homme-là comme on consulte un docteur. Il aurait été, en quelque sorte, un raccommodeur de destins. Pas seulement parce qu'il était intelligent. Peut-être n'avait-il pas besoin d'être d'une intelligence exceptionnelle ? Mais parce qu'il était capable de vivre la vie de tous les hommes, de se mettre dans la peau de tous les hommes.

Maigret n'avait jamais parlé de ça à personne ; il n'osait pas y penser trop fort, car il se serait moqué de lui-même. Faute de pouvoir terminer sa médecine, il n'en était pas moins entré dans la police, par hasard. Au fond, était-ce tellement un hasard ? Et les policiers, justement, ne sont-ils pas parfois des raccommodeurs de destins ?

Toute la nuit précédente, tantôt éveillé, tantôt en rêve, il avait vécu avec ces gens qu'il connaissait à peine, dont il ne savait presque rien, à commencer par le vieux Balthazar qui était mort cinq ans plus tôt, et maintenant c'était toute la famille qu'il amenait avec lui dans la chambre de Germaine à la porte de qui il frappait.

— Entrez ! répondit une voix pâteuse.

Puis, tout de suite après :

— Attendez ! J'oublie que la porte est fermée à clef.

Elle traîna ses pieds nus sur le tapis. Elle était en chemise, avec des cheveux qui lui tombaient jusqu'aux reins, une poitrine lourde, gonflée de sève. Il y avait pourtant un certain temps qu'elle était éveillée, car on voyait sur la table de nuit un plateau avec un reste de chocolat et des miettes de croissant.

— Nous devons sortir ? J'ai besoin de m'habiller ?

— Vous pouvez vous recoucher ou passer un vêtement. Je voudrais seulement bavarder avec vous.

— Cela ne vous fait pas drôle d'être tout habillé alors que je suis en chemise de nuit ?

— Non.

— Votre femme n'est pas jalouse ?

— Non. J'aimerais que vous me parliez du comte d'Anseval. Ou plutôt... Vous connaissez la maison, tous ceux qui l'habitent et qui la fréquentent... Pensez qu'il est une heure du matin... Une heure du matin... Une dispute éclate dans la chambre de Mlle Gendreau... Suivez-moi attentivement... Qui, à votre avis, pourrait se trouver dans sa chambre ?

89

Elle s'était mise à se peigner devant la glace, découvrant les touffes rousses de ses aisselles, et on vovait le rose de son corps en transparence. Elle faisait un effort pour réfléchir.

— Louis ? questionna-t-il pour l'aider.

— Non. Louis ne serait pas monté si tard.

— Attendez. Un détail que j'avais oublié. Louis était tout habillé, avec son habit. son plastron blanc, sa cravate noire. Est-ce qu'il a l'habitude de se coucher tard ?

— Quelquefois, mais alors il ne reste pas en tenue. C'est qu'il y avait quelqu'un du dehors dans la maison.

— Est-ce que Hubert Balthazar, par exemple. l'oncle de Mlle Gendreau. aurait pu se trouver dans la chambre de sa nièce ?

— Je ne crois pas qu'il serait venu à une heure du matin.

— S'il était venu, où l'aurait-elle reçu ? Dans les salons du rez-de-chaussée, je suppose ?

— Sûrement pas. Ce n'est pas comme ça que ça se passe rue Chaptal. Chacun a sa vie à soi. Les salons, c'est seulement pour les réceptions. Le reste du temps, chacun se terre dans un coin.

— Richard Gendreau aurait-il pu monter chez sa sœur ?

— Sûrement. Il l'a fait souvent. Surtout quand il était furieux.

— Portait-il parfois un revolver ? Lui avez-vous déjà vu un revolver à la main ?

— Non.

— Et Mlle Gendreau ?

— Un instant ! M. Richard possède des revolvers. deux, un gros et un petit. mais ils sont dans son bureau. Mademoiselle en a un aussi. à crosse de nacre. dans le tiroir de sa table de nuit. Chaque soir, elle le pose sur cette table.

— Elle est peureuse ?

— Non. Elle se méfie. Comme toutes les chipies, elle se figure toujours que les autres lui en veulent. Si je vous disais qu'à son âge elle est déjà avare. Elle le fait exprès de laisser traîner de la monnaie, après l'avoir comptée, pour savoir si on ne lui en vole pas. La bonne qui a précédé Marie s'y est laissé prendre et a été renvoyée.

— Lui est-il arrivé de recevoir le comte dans sa chambre ?

— Peut-être pas dans sa chambre exactement, mais dans le boudoir qui est à côté.

— A une heure du matin ?

— Probablement. J'ai lu un livre sur Elisabeth d'Angleterre, une reine... Vous connaissez ? C'est un roman, mais cela doit être la vérité... C'était une femme froide, qui ne pouvait pas faire l'amour. Je ne serais pas étonnée que Mademoiselle soit comme ça.

Le peigne crissait dans les cheveux, et elle cambrait les reins, observait parfois Maigret dans le miroir.

— Ce n'est pas mon cas, heureusement !

— Est-ce que, en entendant du bruit au second étage, M. Richard aurait pu monter avec son revolver ?

Elle haussa les épaules.

— Pour quoi faire ?

— Pour surprendre l'amant de sa sœur...

— Cela lui serait bien égal. Pour ces gens-là, il n'y a que l'argent qui compte.

Elle continuait à faire la roue devant lui sans se douter qu'il était loin, qu'il était là-bas, dans la chambre de la rue Chaptal, à essayer de mettre les gens en place, comme au théâtre.

— Le comte d'Anseval est-il déjà venu avec un ami ?

— C'est possible, mais alors il a été reçu en bas, et je descendais rarement.

— Est-ce que Mlle Lise lui téléphonait parfois ?

— Je ne crois pas qu'il ait le téléphone. Elle ne l'appelait pas ; c'est lui qui appelait de temps en temps, sans doute d'un café.

— Quel nom lui donnait-elle ?

— Jacques, naturellement.

— Quel âge a-t-il ?

— Peut-être vingt-cinq ans ? C'est un beau garçon, l'air un peu voyou. On dirait toujours qu'il se moque des gens.

— Est-ce un homme à avoir une arme dans sa poche ?

— Sûrement.

— Pourquoi êtes-vous si affirmative ?

— Parce que c'est un type comme ça. Vous avez lu *Fantômas* ?

— M. Félicien, le père, était-il du côté de sa fille ou du côté de son fils ?

— Du côté de personne. Ou plutôt de mon côté, si vous désirez le savoir. Il lui est arrivé d'entrer dans ma chambre, en pantoufles, à huit heures du matin, sous le prétexte d'un bouton à recoudre.

» C'est à peine si les autres s'occupent de lui. Les domestiques l'appellent le vieux jeton, ou encore Moustache. A part Albert, qui est son valet de chambre personnel, on ne s'inquiète pas de ce qu'il dit. On sait que cela n'a pas d'importance. Une fois, je lui ai sorti tout crûment :

» — Si vous continuez à vous exciter comme ça, vous allez avoir une attaque. Vous serez bien avancé !

» Cela ne l'empêche pas de recommencer. Maintenant, c'est le tour de Marie, et je ne sais pas si elle y a passé...

» Dites donc, cela ne vous gêne pas de regarder une femme qui fait sa toilette ? »

Maigret se levait, cherchait son chapeau.

— Où allez-vous ? Vous n'allez pas me laisser toute seule ?

— J'ai des rendez-vous importants. Dans un moment, mon ami qui vous a amenée viendra vous tenir compagnie.

— Où est-il ?

— En bas.

— Pourquoi êtes-vous monté sans lui ? Avouez que vous aviez une idée derrière la tête ! Vous n'osez pas ? C'est à cause de votre femme ?

Déjà elle avait versé de l'eau dans la cuvette pour se laver, et Maigret voyait le moment où elle laisserait tomber sa chemise, dont les bretelles glissaient un peu plus à chaque mouvement.

— Je vous rencontrerai sans doute dans la journée, dit-il en ouvrant la porte.

Et il retrouva, dans un rayon de soleil qui prenait la terrasse en biais, Justin Minard qui buvait un café-crème.

— Votre femme vient de venir.

— Hein ?

— Tout de suite après votre départ de chez vous, il est arrivé un pneumatique. Elle a couru, espérant vous rattraper. J'ai compris qu'elle vous cherchait.

Maigret s'assit, commanda un bock, machinalement, sans penser à l'heure matinale, fit sauter la bande. Le billet était signé Maxime Le Bret.

J'aimerais que vous passiez au bureau dans la matinée. Cordialement.

Cela avait certainement été écrit boulevard de Courcelles, car, au commissariat, Le Bret se serait servi de papier à en-tête. Il était très méticuleux sur le chapitre de la forme. Il possédait au moins quatre sortes de cartes de visites, aux destinations précises : *M. et Mme Le Bret de Plouhinec, Maxime Le Bret de Plouhi-*

nec, Maxime Le Bret, officier de la Légion d'Honneur, Maxime Le Bret, commissaire de police...

Ce billet, écrit de sa main, marquait une nouvelle intimité entre lui et son secrétaire, et il avait dû se demander comment commencer. *Mon cher Maigret ? Cher monsieur ? Monsieur ?* En fin de compte, il s'en était tiré en ne mettant rien.

— Dites-moi, Minard, vous avez vraiment le temps ?

— Tout le temps que vous voudrez.

— La demoiselle est là-haut. Je ne sais pas quand je serai libre. Je crains, si on la lâche, qu'elle aille faire un tour rue Chaptal et qu'elle parle.

— J'ai compris.

— Si vous sortez avec elle, laissez-moi un mot pour me dire où vous êtes. Si vous avez besoin de votre liberté, conduisez-là à ma femme.

Un quart d'heure plus tard, il pénétrait au commissariat, et ses collègues le regardaient avec cette admiration un peu envieuse qu'on voue aux employés en congé ou en mission spéciale, à ceux qui, miraculeusement, échappent à l'horaire, au train-train quotidien.

— Le commissaire est là ?

— Depuis un bon moment.

Il y eut dans sa façon d'accueillir Maigret, la même nuance que dans son billet. Il lui tendit même la main, ce qu'il ne faisait pas d'habitude.

— Je ne vous demande pas où en est votre enquête, car je suppose qu'il est encore un peu tôt. Si je vous ai prié de venir me voir.. Je voudrais que vous me compreniez bien, car la question est délicate. Il est certain que ce que j'apprends boulevard de Courcelles ne regarde en rien le commissaire de police. D'autre part...

Il allait et venait à travers le bureau, le

visage frais, reposé, en fumant sa cigarette à bout d'or.

— Il m'est difficile de vous laisser piétiner faute d'une information. Hier, dans la soirée, Mlle Gendreau a téléphoné à ma femme.

— Elle a téléphoné de l'*Hôtel du Louvre ?*

— Vous le savez ?

— Elle s'y est fait conduire en fiacre dans l'après-midi.

— Dans ce cas... C'est tout... Je sais combien il est difficile d'apprendre ce qui se passe dans certaines maisons...

On aurait dit qu'il était anxieux, qu'il se demandait ce que Maigret pouvait avoir appris d'autre.

— Elle ne compte pas rentrer rue Chaptal et elle envisage de remettre en état l'hôtel de son grand-père.

— Avenue du Bois-de-Boulogne.

— Oui. Je vois que vous savez déjà beaucoup de choses.

Alors Maigret s'enhardit.

— Puis-je me permettre de vous demander si vous connaissez le comte d'Anseval ?

Le Bret, surpris, fronça les sourcils, en homme qui cherche à comprendre. Il réfléchit un bon moment.

— Ah ! oui. Les Balthazar ont racheté le château d'Anseval. C'est bien cela, n'est-ce pas ? Mais je ne vois pas le rapport.

— Mlle Gendreau et le comte d'Anseval se rencontraient fréquemment.

— Vous en êtes sûr ? C'est assez curieux.

— Vous connaissez le comte ?

— Pas personnellement, et je préfère ça. Mais j'en ai entendu parler. Ce qui m'étonne... A moins qu'ils se soient connus tout enfants, ou qu'elle ne sache pas... Bob d'Anseval a très mal tourné. Il n'est plus reçu nulle part, ne fait partie d'aucun cercle, et je pense que la Brigade mondaine a eu plusieurs fois l'occasion de s'occuper de lui.

— Vous ignorez son adresse ?

— A ce qu'on dit, il fréquente certains petits bars mal famés de l'avenue de Wagram et du quartier des Ternes. Peut-être qu'à la Mondaine ils en savent davantage.

— Vous me permettez de m'y renseigner ?

— A la condition de ne pas mentionner les Gendreau-Balthazar.

Il était visiblement préoccupé. Il lui arriva deux ou trois fois de murmurer pour lui-même :

— C'est curieux !

Et Maigret, de plus en plus audacieux, de questionner :

— Mlle Gendreau est-elle, à votre avis, une personne normale ?

Cette fois, Le Bret sursauta, et son premier regard à son secrétaire fut d'une sévérité involontaire.

— Pardon ?

— Je m'excuse si j'ai mal posé la question. J'ai la certitude, à présent, que c'est bien Lise Gendreau que j'ai vue dans la chambre de bonne, la nuit que vous savez. Il s'était donc passé, dans sa chambre à elle, un événement assez important pour rendre ce subterfuge nécessaire, et je n'ai aucune raison de douter du témoignage du musicien qui passait dans la rue et qui a entendu un coup de feu.

— Continuez.

— Il est probable que Mlle Gendreau n'était pas seule avec son frère dans son appartement cette nuit là.

— Que voulez vous dire ?

— Que, selon toutes probabilités, la troisième personne était le comte d'Anseval. S'il y a eu un coup de feu tiré, s'il y avait réellement trois personnages dans la chambre, si quelqu'un a été atteint...

Maigret, au fond, était fier du regard étonné que son chef laissait peser sur lui.

— Vous avez recueilli d'autres renseignements ?

— Pas beaucoup.

— Je croyais qu'on vous avait fait visiter toute la maison.

— Sauf les chambres qui se trouvent au-dessus des écuries et du garage.

Pendant un instant, et pour la première fois, le drame fut comme présent. Le Bret acceptait l'éventualité d'un événement sanglant, un meurtre, un crime. Et cela s'était produit dans son monde à lui, chez des gens qu'il fréquentait, qu'il rencontrait à son cercle, chez une jeune fille qui était l'amie intime de sa propre femme.

Chose curieuse, de voir son chef ému, Maigret sentit le drame, lui aussi. Ce n'était plus simplement un problème à résoudre. Il y avait une vie humaine, peut-être des vies humaines, en cause.

— Mlle Gendreau est très riche, soupira enfin le commissaire, à regret. Elle est probablement l'unique héritière d'une des cinq ou six plus grosses fortunes de Paris.

— Probablement ?

Son chef en savait davantage, mais il lui répugnait visiblement de laisser l'homme du monde qu'il était venir en aide au commissaire de police qu'il était aussi.

— Voyez-vous, Maigret, de très gros intérêts sont en jeu. Depuis son enfance, Lise Gendreau sait qu'elle en est le centre. Elle n'a jamais été une petite fille comme les autres. Toujours elle s'est sentie l'héritière des cafés Balthazar, plus encore, l'héritière spirituelle d'Hector Balthazar.

Il laissa tomber à regret :

— C'est une pauvre fille.

Puis, intéressé :

— Vous êtes sûr de ce que vous m'avez dit au sujet d'Anseval ?

C'était l'homme du monde que la question passionnait et qui, malgré tout, restait incrédule.

— Il lui est arrivé, souvent, de rendre visite, tard le soir, à Mlle Gendreau, sinon dans sa chambre, à tout le moins dans son boudoir du second étage.

— C'est différent.

Est-ce que cette distinction entre le boudoir et la chambre suffisait à le soulager ?

— Je voudrais que vous me permettiez de vous poser encore une question, monsieur le commissaire. Est-ce que Mlle Gendreau a déjà eu l'intention de se marier ? S'occupe-t-elle des hommes ? Croyez-vous que ce soit ce qu'on appelle une femme frigide ?

Le Bret n'en revenait pas. Il regardait avec stupeur ce petit secrétaire qui venait soudain lui tenir un tel langage, et sur des gens qu'il n'avait jamais approchés. Il y avait, dans son expression, une involontaire admiration et un peu d'inquiétude, comme s'il s'était trouvé soudain face à face avec un sorcier.

— On colporte beaucoup d'histoires à son sujet. Il est certain qu'elle a refusé les plus brillants partis.

— On lui prête des aventures ?

Le commissaire mentit visiblement quand il répondit :

— Je ne sais pas.

Puis, plus sec :

— Je vous avoue que je ne me permets pas de me poser de pareilles questions au sujet des amies de ma femme. Voyez-vous, mon jeune ami...

Il faillit être cassant, comme il l'aurait probablement été boulevard de Courcelles, mais il se retint à temps.

— ... *notre* métier exige infiniment de prudence et de tact. Je me demande même...

Maigret se sentit froid dans le dos. On allait lui retirer son enquête, exiger qu'il reprenne sa place derrière son pupitre noir, qu'il passe à nouveau ses journées à copier des procès-verbaux dans les registres et à rédiger des certificats d'indigence.

Pendant plusieurs secondes, la phrase resta en suspens. Par bonheur, le fonctionnaire de la République l'emporta sur l'homme du monde.

— Croyez-moi, soyez très, très prudent. Au besoin, si quoi que ce soit vous embarrasse, téléphonez-moi chez moi. Je crois vous l'avoir déjà dit. Vous avez mon numéro ?

Il le lui écrivit de sa main sur un bout de papier.

— Si je vous ai fait venir ce matin, c'est que je ne voulais pas vous laisser patauger. Je ne pouvais pas m'imaginer que vous étiez déjà si loin.

Il ne lui tendit quand même pas la main au départ. Maigret était redevenu un policier, et un policier qui risquait de pénétrer lourdement dans un monde où la carte de visite : *M. et Mme le Bret de Plouhinec*, était seule à avoir cours.

–:–

Il était un peu moins de midi. Maigret avait franchi la voûte du quai des Orfèvres, il avait vu, en passant, à gauche, la pièce tapissée de fiches du service des garnis. Il avait gravi le large escalier poussiéreux, non pas porteur d'un quelconque message du commissariat, comme cela lui était arrivé, mais en quelque sorte pour son compte personnel.

Il avait vu les portes, tout le long du grand couloir, avec les noms des commissaires, la salle d'attente vitrée, un inspecteur qui passait en compagnie d'un homme, menottes aux mains.

Maintenant, il était dans un bureau dont les fenêtres ouvertes donnaient sur la Seine, un bureau qui ne ressemblait en rien à celui de son commissariat de quartier. Des hommes étaient assis devant des téléphones ou devant des feuilles de rapports ; un inspecteur, une cuisse sur la table, fumait tranquillement sa pipe ; cela vivait, cela bourdonnait, dans une atmosphère de camaraderie débraillée.

— Vois-tu, mon petit, tu peux toujours monter aux « Sommiers », mais je ne crois pas qu'il ait un dossier, car il n'a jamais, à ma connaissance, été condamné.

Un brigadier d'une quarantaine d'années le traitait avec bonhomie comme un enfant de chœur. C'était à la Brigade mondaine. Ces gens-là connaissaient comme leurs poches le milieu où évoluait le comte d'Anseval.

— Dis donc, Vanel, il y a longtemps que tu n'as plus vu le comte ?

— Bob ?

— Oui.

— La dernière fois que je l'ai rencontré, c'était aux courses, et il était avec Dédé.

On lui expliquait :

— Dédé, c'est un type qui tient un garage rue des Acacias. Un garage où il n'y a jamais qu'une ou deux autos. Tu comprends, petit ?

— Cocaïne ?

— Il y a sûrement de ça. Sans doute aussi d'autres petites combines à côté. Sans compter les femmes. Le Comte, comme on l'appelle, est dans le bain jusqu'au cou. On aurait déjà pu lui mettre la main dessus pour deux ou trois bricoles, mais on préfère le tenir à l'œil dans l'espoir qu'il nous rancardera un jour sur du plus gros poisson.

— Vous avez sa dernière adresse ?

— Tu ne penses pas que ton commissaire est en train de marcher sur nos plates-bandes ! Attention, petit ! Faudrait pas effaroucher Bob. Ce n'est pas qu'il nous intéresse personnellement, mais, un garçon comme lui, qui joue les affranchis, ça nous mène souvent loin. C'est sérieux, ton histoire ?

— J'ai vraiment besoin de le retrouver.

— Tu as l'adresse, Vanel ?

Et celui-ci, grognon, avec le mépris des gens du quai des Orfèvres pour les petits crabes des commissariats :

— L'*Hôtel du Centre,* rue Brey. Juste derrière l'Etoile.

— Quand est-ce qu'il y était pour la dernière fois ?

— Il y a quatre jours, je l'ai vu au bistrot du coin de la rue Brey avec sa poule.

— Je peux savoir son nom ?

— Lucile. C'est facile de la reconnaître. Elle a une cicatrice sur la joue gauche.

Un commissaire entrait, affairé, des papiers à la main.

— Dites-moi, mes enfants...

Il s'arrêtait en apercevant un inconnu dans le bureau de ses inspecteurs, et son regard devenait interrogateur.

— Le secrétaire du commissariat de Saint-Georges.

— Ah !

Et ce « ah ! » était bien fait pour donner à Maigret une envie encore plus farouche d'appartenir à la « maison ». Il n'était rien ! moins que rien ! Personne ne prêtait plus attention à lui. Le commissaire, penché sur le brigadier, discutait avec lui d'une rafle à effectuer la nuit prochaine dans les parages de la rue de La Roquette.

Comme il n'était pas tellement loin de la République, il décida de rentrer déjeuner chez lui avant de se rendre dans le quartier de l'Etoile à la recherche du comte ou de Lucile

Il allait tourner le coin du boulevard Richard-Lenoir, quand il aperçut un couple dans la brasserie, devant une nappe et deux couverts.

C'étaient Justin Minard et Germaine. Il faillit passer vite, pour ne pas s'attarder avec eux. Il eut l'impression que le flûtiste, qui l'avait vu, feignait de regarder ailleurs. Par contre, la femme de chambre de Mlle Gendreau tapait sur la vitre, et il ne pût faire autrement que d'entrer.

— J'ai eu peur que vous alliez vous casser le nez à l'hôtel, dit Germaine. Vous avez beaucoup travaillé ?

Il y avait quelque chose de honteux dans l'attitude de Minard, qui lisait le menu avec soin.

La fille, au contraire, était épanouie. On aurait dit que son teint était plus clair, plus coloré, ses yeux plus brillants, et même que ses seins avaient grossi.

— Vous avez besoin de nous cet après-midi ? Parce que, si vous n'avez pas besoin de nous, j'ai vu qu'il y a matinée au théâtre de l'Ambigu...

Ils étaient assis sur la banquette de moleskine, tous les deux, et Maigret aperçut la main de Germaine qui se posait sur le genou du musicien avec une tranquille assurance.

Les regards des deux hommes finirent par se croiser. Celui du flûtiste disait : « Je n'ai pas pu faire autrement. »

Et Maigret s'efforçait de ne pas sourire.

Il allait, lui, déjeuner en tête à tête avec Mme Maigret, dans leur petite salle à manger du quatrième étage d'où on voyait les passants en raccourci sur les trottoirs.

Ce fut Mme Maigret qui déclara soudain, alors qu'ils parlaient d'autre chose :

— Je parie qu'elle l'a eu ! sans penser un instant que la fille aux gros seins aurait pu avoir son mari aussi.

CHAPITRE VI

UNE PETITE FETE DE FAMILLE.

C'EST A HUIT HEURES du soir seulement, alors que les becs de gaz dessinaient, en les ourlant d'un perlé lumineux, la perspective des avenues autour de l'Arc de Triomphe, que Maigret, qui ne gardait plus beaucoup d'espoir, prit contact avec la réalité qu'il cherchait.

De son après-midi, il lui restait un souvenir radieux, celui du plus beau printemps de Paris, et d'un air si doux, si parfumé qu'on s'arrêtait pour le respirer. Sans doute y avait-il plusieurs jours que les femmes sortaient en taille aux heures tièdes de la journée, mais il s'en apercevait seulement, il avait l'impression d'assister à une floraison de corsages clairs, et il y avait déjà des marguerites, des coquelicots, des bleuets sur les chapeaux, cependant que les hommes risquaient leur canotier.

Il n'avait fait, pendant des heures, qu'arpenter un secteur étroit, entre l'Etoile, la place des Ternes et la porte Maillot. Rue Brev, dès qu'on tournait le coin, on se heurtait à trois femmes perchées sur les hauts talons de leurs bottines, corsetées serré, qui ne se parlaient pas, ne se groupaient pas, se précipitant dès qu'un passant apparaissait. Leur port d'attache était justement l'hôtel où habitait le comte et, près du seuil, une autre femme, beaucoup plus grosse que les autres, plus placide, attendait renonçant à chasser au large.

Pourquoi Maigret nota-t-il qu'il y avait une blanchisserie en face, avec des gamines fraîches qui repassaient ? Etait-ce à cause du contraste ?

— Le comte est là-haut ? demanda-t-il au bureau.

On l'examina des pieds à la tête. Les gens qu'il rencontrerait aujourd'hui auraient tous la même façon de l'inspecter, comme au ralenti, d'un air ennuyé plus que dédaigneux, et de ne répondre qu'à regret.

— Voyez là-haut.

Il se croyait déjà au but dès sa première démarche.

— Pouvez-vous me dire le numéro de sa chambre ?

On hésitait. Il venait de fournir la preuve qu'il n'était pas un familier du comte.

— 32...

Il monta, dans une odeur de vie humaine et de cuisine. Au fond du corridor, une femme de chambre entassait des draps de lit qui semblaient encore moites de sueur. Il frappa en vain à une porte.

— C'est pour Lucile ? questionna de loin la domestique.

— Pour le comte.

— Il n'est pas là. Il n'y a personne.

— Vous ne savez pas où je pourrais le rencontrer ?

La question devait être tellement saugrenue qu'on ne se donnait pas la peine d'y répondre.

— Et Lucile ?

— Elle n'est pas au *Coq* ?

Là encore, il se trahissait ; on se méfiait tout de suite. S'il ne savait même pas où trouver Lucile, que venait-il faire ici ?

Le Coq, c'était un des deux cafés, au coin de l'avenue de Wagram. Les terrasses étaient larges. Quelques femmes seules étaient assises, et Maigret soupçonna des nuances entre celles-ci et celles qui chassaient au coin de la rue Brey. Il y avait une autre espèce encore, celles qui cheminaient lentement jusqu'à l'Étoile, puis qui redescendaient jusqu'à la place des Ternes, en s'arrêtant aux étalages, et on aurait pu prendre certaines d'entre elles pour des bourgeoises en promenade.

Il cherchait une cicatrice. Il parla au garçon.

— Lucile n'est pas ici ?

Coup d'œil circulaire.

— Je ne l'ai pas vue aujourd'hui.

— Vous croyez qu'elle viendra ? Vous n'avez pas vu le comte non plus ?

— Il y a bien trois jours que je ne l'ai pas servi.

Il gagna la rue des Acacias. Le garage était toujours fermé. Le cordonnier, une chique dans la joue, eut l'air, lui aussi, de trouver ses questions oiseuses.

— Je crois que j'ai vu sortir l'auto ce matin.

— Une auto grise ? Une Dion-Bouton ?

Pour l'homme à la chique, une auto était une auto et il n'en regardait pas la marque.

— Vous ne savez pas où je pourrais le trouver ?

Et il y avait comme de la pitié chez le bonhomme assis dans l'ombre de son échoppe.

— Je m'occupe des souliers...

Il revint rue Brey, monta frapper au 32, sans que personne lui répondît. Puis il continua la chasse, du *Coq* à la place des Ternes, se retournant sur toutes les femmes, les dévisageant, cherchant la cicatrice, de sorte que, pendant plus d'une heure, on le prit pour un client qui ne parvenait pas à se décider.

De temps en temps, une angoisse le traversait. Il se reprochait de perdre son temps ici, alors qu'il se passait peut-être quelque chose ailleurs. Il s'était promis, s'il en avait le loisir, d'aller rôder autour des bureaux des cafés Balthazar, de s'assurer que Lise Gendreau était toujours à l'*Hôtel du Louvre* et il aurait aimé aussi surveiller les allées et venues de la rue Chaptal.

Pourquoi s'obstina-t-il ? Il vit des hommes sérieux pénétrer, tête basse, dans l'hôtel de la rue Brey, et on avait l'air de les tirer par une laisse invisible. Il en vit ressortir, plus piteux encore, de l'inquiétude dans le regard, et franchir rapidement l'espace désert qui les séparait de la foule, dans laquelle ils retrouvaient enfin leur assurance. Il vit des femmes s'adresser des signes d'intelligence, se partager des pièces d'argent.

Il pénétrait dans tous les bars. L'idée lui était venue d'imiter le flûtiste, et il commandait du vichy-fraise, mais cela l'écœurait, et, vers cinq heures de l'après-midi, il se remit à la bière.

— Pas vu Dédé non plus, non. Il vous a donné rendez-vous ?

D'un bout à l'autre du quartier, il se heurtait à une même franc-maçonnerie. Ce n'est qu'aux environs de sept heures que quelqu'un lui dit :

— Il n'était pas aux courses ?

Pas de Lucile non plus. Il avait fini par interroger celle des femmes qui paraissait la moins revêche.

— Peut-être bien qu'elle est allée à la campagne.

Il ne comprit pas tout de suite.

— Elle va souvent à la campagne ?

On le regarda en riant.

— Cela lui arrive comme à toutes les femmes, quoi ! Alors, autant aller se balader...

Trois ou quatre fois il avait failli renoncer. Il avait même hésité, à l'entrée du métro, avait descendu quelques marches.

Et voilà qu'un peu après sept heures et demie, alors qu'il marchait toujours en dévisageant les passantes, son regard, par hasard, dévia, plongea dans la calme rue de Tilsit. Des fiacres, une voiture de maître, étaient alignés au bord du trottoir, et, juste devant, une auto grise, dont il reconnut tout de suite la marque et le numéro.

C'était l'auto de Dédé. Il n'y avait personne dedans. Un sergent de ville battait la semelle au coin de la rue.

— J'appartiens au commissariat du quartier Saint-Georges. Je voudrais que vous me rendiez un service. Si le propriétaire de cette auto revenait et essayait de partir, pouvez-vous le retenir sous un prétexte quelconque ?

— Vous avez votre carte ?

Même les gardiens de la paix, dans le quartier, se méfiaient ! C'était l'heure où tous les restaurants étaient pleins. Puisque Dédé n'était pas au *Coq* — on venait à nouveau de le lui affirmer, — il était probablement en train de manger quelque part. Dans un bouillon assez populaire, on le bouscula, on lui jeta au passage :

— Dédé ?... Connais pas...

On ne le connaissait pas non plus dans la brasserie proche de la salle Wagram.

Deux fois, Maigret alla s'assurer que l'auto était toujours à sa place. Il avait eu l'envie de crever un des pneus d'un coup de canif par précaution, mais la présence du sergent de ville, qui était beaucoup plus ancien que lui dans le métier, l'en empêcha.

Et voilà qu'il poussait la porte d'un petit

restaurant italien. Il posait sa question sempi-
ternelle :

— Vous n'avez pas vu le comte ?

— Bob ?... Non... Ni hier, ni aujourd'hui...

— Et Dédé ?

La pièce était petite, avec des banquettes en
velours rouge. C'était assez élégant. Au fond,
une cloison qui ne montait pas jusqu'au plafond, séparait le restaurant d'une sorte de salon
particulier, et Maigret vit un homme en complet
à carreaux s'encadrer dans l'entrée. Son teint
était coloré. ses cheveux, d'un blond clair, sépa-
rés par une raie.

— Qu'est-ce que c'est ? questionna-t-il en
s'adressant, non à Maigret, mais au patron qui
se tenait derrière le comptoir.

— Il demande le comte ou Dédé...

L'homme au complet à carreaux s'avança,
la bouche pleine, sa serviette à la main. Il vint
tout près de Maigret, tranquillement, prenant
le temps de le dévisager.

— Eh bien ? lui demanda-t-il.

Et, comme Maigret cherchait ses mots :

— Dédé, c'est moi.

Maigret avait prévu maintes attitudes pour
le cas où il se trouverait enfin en présence de
l'homme, mais il en improvisa une nouvelle.

— Je suis arrivé hier, prononça-t-il gauche-
ment.

— Arrivé d'où ?

— De Lyon. J'habite Lyon.

— C'est intéressant, ça !

— Je cherche un mes amis, un camarade de
collège...

— Si c'est un camarade de collège, c'est pas
moi.

— C'est le comte d'Anseval... Bob...

— Voyez-vous ça !

Il ne souriait pas, se passait le bout de la
langue dans les dents, réfléchissait.

— Et où est-ce que vous êtes allé chercher Bob ?

— Un peu partout. Je ne l'ai pas trouvé à son hôtel.

— Parce que, quand vous étiez tous les deux au collège, il vous a donné l'adresse de son hôtel, hein ?

— J'ai eu cette adresse par un ami.

Dédé adressa un signe imperceptible au barman.

— Eh bien ! puisque vous êtes un ami de Bob, vous allez trinquer avec nous. Nous avons justement, ce soir, une petite fête de famille.

Il lui faisait signe de le suivre vers le cabinet particulier. La table était servie. Il y avait du champagne dans un seau en argent, des flûtes, une femme en noir, les coudes sur la table, et un homme au nez cassé, au regard bovin, qui se leva lentement, dans l'attitude d'un boxeur qui s'avance pour le round.

— Ça, c'est Albert, un copain.

Et il regardait Albert d'une façon indéfinissable, comme il avait regardé le patron. Il n'élevait pas la voix, ne souriait toujours pas, et pourtant on avait l'impression d'un terrible persiflage.

— Lucile, la femme de Bob.

Maigret vit la cicatrice, dans un visage très beau, très expressif, et, comme il se penchait pour saluer, des larmes jaillirent des paupières de la jeune femme qui les essuya de son mouchoir.

— Faut pas faire attention. Elle vient de perdre son papa. Alors elle mélange un peu de larmes au champagne. Angelino ! Une flûte et un couvert !

C'était curieux, inquiétant, cette cordialité glacée, sournoisement menaçante. Maigret se retourna et eut l'impression très nette que toute sortie lui était impossible sans la permission du petit homme au complet à carreaux.

— Ainsi, vous êtes venu de Lyon pour retrouver votre vieux camarade Bob ?

— Je ne suis pas venu exprès. J'avais des affaires à Paris. Un ami m'a dit que Bob s'y trouvait. Il y a longtemps que je l'ai perdu de vue.

— Longtemps, hein ! Eh bien ! à votre santé. Les amis de nos amis sont nos amis. Bois, Lucile !

Elle obéit, et, tant sa main tremblait, le verre heurta ses dents :

— C'est cet après-midi qu'elle a reçu un télégramme lui annonçant que son papa est mort. Ça vous fait toujours de l'effet. Montre le télégramme, Lucile.

Elle le regarda, étonnée.

— Montre à Monsieur...

Elle farfouilla dans son sac.

— J'ai dû le laisser dans ma chambre.

— Vous aimez les raviolis ? Le patron est en train de nous en préparer de spéciaux. Au fait, comment vous appelle-t-on ?

— Jules.

— J'aime ça, Jules. Ça sonne bien. Alors, vieux Jules, qu'est-ce qu'on raconte ?

— J'aurais aimé rencontrer Bob avant de repartir.

— Car vous repartez bientôt pour Bordeaux ?

— J'ai dit Lyon.

— Ah ! oui, Lyon ! Belle ville ! Je suis sûr que Bob serait désolé de vous rater. Surtout, vous comprenez, qu'il adore ses amis de collège. Mettez-vous à sa place. Les camarades de collège, ce sont des gens bien. Je parie que vous êtes quelqu'un de bien. Qu'est-ce que tu crois que Monsieur fait dans la vie, Lucile ?

— Je ne sais pas.

— Cherche ! Moi, je parierais qu'il élève des poulets.

Etait-ce un mot en l'air ? Pourquoi ce mot

poulet, qu'on emploie dans certains milieux pour désigner les policiers ? Fallait-il y voir un avertissement qu'il donnait aux autres ?

— Je suis dans les assurances, murmura Maigret, qui jouait le jeu jusqu'au bout, car il n'y avait plus que cela à faire.

On les servait. On apportait une nouvelle bouteille, que Dédé avait dû commander d'un signe.

— C'est curieux comme on se retrouve. On arrive à Paris, comme ça, on se souvient vaguement d'un vieux camarade de collège et on tombe sur quelqu'un qui vous donne son adresse. D'autres auraient pu chercher pendant dix ans, surtout qu'il n'y a pas une âme dans le quartier qui connaisse le nom d'Anseval. C'est comme mon nom. Demandez mon nom au patron, à Angelino, qui me connaissent depuis des années. Il vous diront que je suis Dédé. Dédé tout court. Chiale plus, Lucile ! Monsieur va croire que tu ne sais pas te tenir à table.

L'autre, au nez de boxeur, ne disait rien, mangeait, buvait, l'air buté, mais de temps en temps il avait une sorte de rire silencieux, comme s'il appréciait intensément les plaisanteries du garagiste.

Alors que Lucile regardait l'heure à une petite montre en or glissée dans sa ceinture et maintenue par une chaîne en sautoir, Dédé la rassura :

— Tu auras ton train, n'aie pas peur.

Il expliqua à Maigret :

— Je la mets tout à l'heure dans le tortillard, histoire qu'elle arrive à temps pour les funérailles. Regardez comment vont les choses. Aujourd'hui, son paternel casse sa pipe, et moi je touche le gagnant à Longchamp. Je suis plein aux as. J'offre une petite bombe. Or voilà que Bob n'est pas là pour trinquer.

— Il est en voyage ?

— Comme tu dis, Jules. Il est en voyage. Mais on verra quand même tout à l'heure à te le montrer.

Lucile se mettait à nouveau à sangloter.

— Bois, ma fille ! Il n'y a encore que ça pour noyer le chagrin. Est-ce que vous vous seriez imaginé qu'elle était aussi sensible ? Il y a deux heures que je fais mon possible pour la remonter. Les pères, il faut quand même que ça s'en aille un jour, pas vrai ? Il y a combien de temps que tu ne l'avais pas vu, Lucile ?

— Tais-toi !

— Une bouteille du même, Angelino. Et le soufflé ? Dis au patron de ne pas rater le soufflé. A ta santé, Jules !

Maigret avait beau boire, son verre était toujours plein, et Dédé avait une façon presque menaçante de le remplir, de trinquer.

— Comment il s'appelle, ton ami qui t'a renseigné ?

— Bertrand.

— Il doit être fortiche. Non seulement il t'a affranchi sur ce vieux Bob, mais il t'a envoyé au garage.

Ainsi il savait déjà que quelqu'un avait rôdé rue des Acacias et avait posé des questions sur son compte. Il avait dû y passer en fin d'après-midi.

— Quel garage ? murmura-t-il pourtant.

— Je croyais que tu avais parlé de garage. C'est-y pas moi que tu as demandé en arrivant ici ?

— Je savais que Bob et vous étiez amis.

— Ce qu'on est malin à Lyon, quand même ! A ta santé, Jules ! A la russe ! D'un trait ! Allons ! T'aimes pas ça ?

Le boxeur semblait jubiler dans son coin. Lucile, au contraire, qui oubliait un peu son chagrin, paraissait être gagnée par l'inquiétude. A deux ou trois reprises, Maigret crut comprendre un regard interrogateur qu'elle lançait à Dédé.

Qu'allait-on faire de lui ? Le garagiste, c'était l'évidence même, avait une idée de derrière la tête. Il se montrait de plus en plus enjoué, à sa façon, sans sourire, avec de drôles de pétillements dans le regard. Parfois il guettait une approbation chez les deux autres, comme un acteur qui se sent en pleine forme.

« Avant tout, garder mon sang-froid ! » se disait Maigret qu'on forçait à boire flûte de champagne après flûte de champagne.

Il n'était pas armé. Il était vigoureux, mais il ne pourrait rien contre deux hommes comme le garagiste et surtout le boxeur. Il sentait de plus en plus nettement chez ceux-ci une résolution froide.

Savaient-ils qu'il appartenait à la police ? C'était probable. Peut-être Lucile était-elle passée rue Brey et lui avait-on parlé du visiteur obstiné de l'après-midi ? Qui sait s'ils ne l'attendaient pas ?

Pourtant, cette partie fine avait sa raison d'être. Dédé avait proclamé qu'il était plein aux as, et on devinait que c'était vrai : il avait cette excitation particulière aux gens de son espèce qui ont soudain le portefeuille bien garni.

Les courses ? Il devait y aller souvent, mais Maigret aurait juré qu'il n'avait pas mis les pieds à Longchamp aujourd'hui.

Quant aux larmes de Lucile, ce n'était pas le sort de son père qui les lui arrachait à intervalles presque réguliers. Pourquoi ses yeux se noyaient-ils chaque fois que le nom de Bob était prononcé ?

Il était dix heures, et ils étaient toujours à table, avec toujours du champagne devant eux.

Et Maigret continuait à se battre contre l'ivresse envahissante.

— Tu permets que je donne un coup de téléphone, Jules ?

La cabine téléphonique était à gauche, dans la salle, et, de sa place, Maigret pouvait l'apercevoir. Dédé dut demander deux ou trois numéros avant d'atteindre la personne qu'il cherchait. On voyait ses lèvres remuer, mais sans deviner les mots. Lucile paraissait inquiète. Quant au boxeur, qui avait allumé un énorme cigare, il souriait béatement en adressant de temps en temps un clin d'œil à Maigret.

Derrière la vitre de la cabine, c'étaient des ordres que Dédé paraissait donner, lentement, en insistant sur certains mots. Il n'y avait plus trace d'enjouement sur son visage.

— Te demande pardon, vieux, mais je n'aurais pas voulu que tu rates ton ami Bob.

Lucile, à bout de nerfs, éclatait en sanglots dans son mouchoir.

— C'est à lui que vous téléphoniez ?

— Pas exactement, mais c'est tout comme. Je me suis arrangé pour que vous vous retrouviez tous les deux, quoi. C'est la même chose, non ? Tu tiens à le retrouver, pas vrai ?

Cela devait être extrêmement spirituel, car le boxeur en fut comme en extase et poussa même une sorte de gloussement d'admiration.

S'imaginaient-ils que Maigret ne comprenait pas aussi bien qu'eux ? Le comte était mort, ou ne valait guère mieux. Lorsque Dédé parlait à Maigret de les réunir tous les deux...

— J'ai un coup de téléphone à donner, moi aussi, dit-il, l'air aussi indifférent que possible.

Malgré les recommandations de Maxime Le Bret, il venait de se décider à alerter son commissariat : il n'osait pas s'adresser à la police d'un autre quartier. C'était probablement Besson qui était de garde, ou Colombani, avec le

brigadier Duffieu qui devaient jouer aux cartes. Il suffirait de faire traîner les choses en
longueur, pour leur donner le temps d'arriver
et de se poster près de la voiture.

Ici, on n'oserait rien contre lui. Il y avait
encore des clients dont on entendait les voix
de l'autre côté de la cloison, et si, parmi eux,
beaucoup appartenaient au monde de Dédé, il
devait y en avoir quelques autres.

— Téléphoner à qui ?

— A ma femme.

— Parce que ta femme est avec toi ? Bourgeois, hein ? Tu entends, Lucile ? Jules est un
monsieur rangé. Rien pour toi ! Pas la peine
de lui faire du pied sous la table. A ta santé,
Jules ! Inutile de te déranger. Angelino va téléphoner à ta place. Angelino ! A quel hôtel
est-elle descendue, ta rombière ?

Le garçon attendait et, lui aussi, semblait
savourer la situation.

— Ce n'est pas urgent.

— Tu es sûr ? Elle ne va pas s'inquiéter ?
Tu vois qu'elle s'imagine je ne sais quoi et
qu'elle mette la police à tes trousses ? Une bouteille, Angelino ! Ou plutôt, non. Du cognac,
maintenant. C'est l'heure. Dans des verres à dé-
gustation. Je suis sûr que notre ami Jules adore
le cognac.

Un instant, Maigret pensa se lever brusquement, se précipiter vers la sortie, mais il se
rendit compte qu'on ne lui laisserait pas atteindre la porte. Les deux hommes, plus que probablement étaient armés. Sans doute avaient-ils
des amis, sinon des complices dans la salle, et
Angelino, le garçon, n'hésiterait pas à l'arrêter
d'un croc en-jambe.

Alors, Maigret devint calme, d'un calme lucide, extrêmement lucide, malgré le champagne et la fine qu'on l'obligeait à boire. Parfois
il regardait l'heure à sa montre, lui aussi. Il n'y

avait pas si longtemps qu'il faisait encore la police des gares et il connaissait par cœur les horaires des principaux trains.

Ce n'est pas en l'air que Dédé avait parlé de train. Ils s'en allaient vraiment, peut-être tous les trois. Ils devaient déjà avoir leurs billets. Or chaque demi-heure qui passait supprimait un certain nombre de possibilités. Le train du Havre, qui aurait pu conduire à quelque paquebot, était parti depuis dix minutes de Saint-Lazare. A la gare de l'Est, le train de Strasbourg partait dans une vingtaine de minutes.

Dédé n'était pas l'homme à aller se terrer dans quelque coin de campagne où on finirait par le retrouver. Il avait sa voiture dehors, le long du trottoir de la rue de Tilsit.

Ils partaient sans bagages. Ils abandonneraient sans doute l'auto.

— Ne bois plus, Lucile. Comme je te connais, tu vas finir par dégueuler sur la nappe, et cela n'est pas correct. L'addition, Angelino !

Et, feignant de croire que Maigret avait fait mine de tirer son portefeuille de sa poche :

— Jamais de la vie ! Je t'ai dit que c'était une petite fête de famille...

Il était tout fier d'ouvrir un portefeuille gonflé de billets de mille francs. Il ne regarda même pas l'addition, fourra un des billets dans la main d'Angelino en disant :

— Garde la monnaie !

Ne fallait-il pas qu'il fût sûr de lui ?

— Et maintenant, mes enfants, on les met. On va conduire Lucile à la gare, puis on ira retrouver Bob. Cela te plaît, Jules ? Tu tiens debout ? Notre ami Albert t'aidera. Mais si !. Tiens-lui le bras, Albert. Moi, je m'occupe de la copine.

Il était onze heures et demie. Cette partie de l'avenue de Wagram était peu éclairée, et il n'y avait de lumière que dans le bas, vers la place des Ternes. Le patron les regarda sortir avec un drôle d'air, et ils n'avaient pas fait dix pas sur le trottoir qu'il baissait précipitamment ses volets, bien qu'il y eût encore deux ou trois personnes à l'intérieur.

— Soutiens-le, Albert. Faut pas qu'il s'abîme le portrait, des fois que son ami Bob ne le reconnaîtrait pas. Par ici, messieurs-dames !

S'il y avait eu un agent au coin de la rue, Maigret aurait appelé au secours, car il ne savait que trop bien ce qui l'attendait. On lui en avait trop dit, trop montré. Il comprenait que, dès son arrivée dans le restaurant italien, son sort avait été décidé.

Il n'y avait pas de sergent de ville en vue. De l'autre côté de l'avenue, deux ou trois filles se profilaient dans la pénombre. Au haut de l'avenue, un tramway stationnait au terminus, mais il était vide, avec, derrière les vitres, une lumière jaunâtre et sirupeuse.

Maigret pouvait espérer que ses compagnons ne tireraient pas. Il leur fallait le temps de sauter dans l'auto et de s'éloigner du quartier avant d'avoir donné l'alarme.

Couteau ? Probablement. C'était la mode. Et Albert le boxeur avait soin de lui immobiliser le bras droit sous prétexte de le soutenir.

Dommage que Maigret, tout à l'heure, n'ait pas pu crever un des pneus. S'il avait attendu quelques minutes que l'agent eût le dos tourné, la situation aurait été changée.

Il était presque minuit. Il restait deux trains en partance, un pour la Belgique, à la gare du Nord, et celui de Vintimille, à la gare de Lyon. Mais Vintimille était loin.

Mme Maigret devait l'attendre en cousant, Justin Minard jouait de la contrebasse à la *Brasserie Clichy*, où le numéro du morceau était annoncé sur une pancarte. Est-ce qu'il était parvenu à se dépêtrer de Germaine ? Maigret aurait juré qu'elle était là, dans la brasserie, et que le musicien se demandait ce qu'il allait en faire.

On ne voyait pas une âme, pas même un fiacre dans la rue de Tilsit. Seule l'auto grise stationnait au bord du trottoir, et Dédé se hissait sur le siège, mettait le moteur en marche, après avoir installé Lucile dans le fond de la voiture.

Peut-être voulaient-ils le conduire dans un endroit plus désert encore, au bord de la Seine ou du canal Saint-Martin, pour jeter ensuite son corps à l'eau ?

Maigret n'avait aucune envie de mourir, et pourtant il était comme résigné. Il ferait tout ce qui serait en son pouvoir pour se défendre, mais c'était peu de chose. Sa main gauche, dans sa poche, serrait un trousseau de clefs.

Si seulement le moteur avait voulu ne pas partir ! Mais, après quelques toussotements, il tournait rond, la voiture frémissait sur ses roues.

La peau de bique était sur la banquette, et Dédé négligeait de l'endosser. Etait-ce lui qui allait frapper, de haut en bas ? Etait-ce le boxeur, qui se tenait derrière Maigret et qui ne lui avait pas lâché le bras droit ?

Le moment était arrivé, et il n'est pas sûr que Maigret ne fit pas une prière : « Mon Dieu, faites que... »

Comme par hasard, on entendit des éclats de voix. Deux hommes, assez éméchés, descendaient l'avenue de Wagram, en habit, en manteau noir, tenant le pommeau de leur canne dans leur poche et fredonnant un refrain en vogue dans les cafés concerts.

— Viens, mon Jules ! prononça Dédé avec une hâte que Maigret eut encore le temps de percevoir.

Et, comme il levait le pied droit pour prendre place dans la voiture, il reçut un coup violent sur la tête. Il avait eu l'inspiration de se baisser, ce qui avait amorti le choc. Il crut entendre des pas qui se rapprochaient, des voix, une pétarade de moteur, avant de perdre conscience de ce qui se passait autour de lui.

Quand il ouvrit les yeux, il vit d'abord des jambes, des chaussures vernies, puis des visages qui, dans l'ombre, paraissaient blafards. Il lui sembla qu'il y en avait beaucoup, toute une foule, et pourtant, un peu plus tard, il fut surpris de constater qu'il n'y avait que cinq personnes autour de lui.

Un des visages était celui d'une grosse fille molle et placide qui devait faire le tapin de l'autre côté de l'avenue et qui avait été attirée par le bruit. Il l'avait vue deux ou trois fois dans l'après-midi, à son poste, et sans doute n'avait-elle pas eu de chance, pour être encore en chasse à cette heure. Les deux fêtards étaient là aussi, et l'un d'eux, penché sur lui, questionnait, obstinément, sans doute encore gris :

— Alors, ami, cela va mieux ? Dites, ami ? Cela va mieux ?

Pourquoi y avait-il un panier et pourquoi l'air sentait-il la violette ? Il essaya de se soulever sur un coude. Le fêtard l'aida. Il aperçut alors une vieille marchande de fleurs qui se lamentait :

— Encore des apaches ! Si ça continue...

Et un chasseur d'hôtel, un gamin en uniforme rouge, s'élançait en annonçant :

— Je vais chercher les flics !

— Cela va mieux, ami !

Maigret questionnait d'une voix de somnambule :

— Quelle heure est-il ?

— Minuit cinq.

— Il faut que je téléphone.

— Mais oui, ami ! Tout à l'heure. On va

vous apporter un téléphone. On est justement allé le chercher.

Il n'avait plus de chapeau sur la tête ; par contre, ses cheveux étaient collés sur le sommet du crâne. Cette crapule d'Albert avait dû se servir d'un coup de poing américain. Sans les deux noctambules, on l'aurait sans doute achevé, et, si Maigret ne s'était pas baissé...

Il répétait :

— Il faut que je téléphone.

Il arrivait à se mettre à quatre pattes par terre, et des gouttes de sang tombaient de son crâne sur le pavé, tandis qu'un des fêtards s'exclamait :

— Il est saoul, mon vieux. C'est crevant ! Il est encore saoul !

— Je vous assure qu'il faut que je...

— ... téléphone... Oui, cher... Vous entendez, Armand ?... Allez lui chercher un téléphone...

Et la fille de s'indigner :

— Vous ne voyez pas que ça l'a rendu maboul ? Vous feriez mieux d'appeler un docteur.

— Vous en connaissez dans le quartier ?

— Il y en a un dans la rue de l'Étoile.

Mais déjà le chasseur d'hôtel revenait, tout frétillant, pilotant deux agents cyclistes. Les autres s'écartaient. Les agents se penchaient.

— Il faut que je téléphone..., répétait Maigret.

C'était drôle. Il ne s'était pas senti ivre de toute la soirée, et c'était maintenant que sa langue s'empâtait, que ses idées s'embrouillaient. Il n'y en avait qu'une à rester nette, impérieuse.

Il balbutiait, vexé d'être là, par terre, dans une posture ridicule, incapable de se lever :

— Police... Regardez dans mon portefeuille... Quartier Saint-Georges... Il faut téléphoner tout de suite à la gare du Nord... Le train de Bruxelles... Dans quelques minutes... Ils ont une auto...

Un des agents s'était approché du bec de gaz

pour examiner le contenu de son portefeuille.

— C'est vrai, Germain.

— Ecoutez... Il faut faire vite... Ils ont leur billet... Une femme en noir, avec une cicatrice sur la joue... Un des hommes porte un complet à carreaux... L'autre a le nez cassé...

— Tu y vas, Germain ?

Le poste de police n'était pas loin, rue de l'Etoile. Un des agents enfourchait son vélo. Le gamin, qui n'avait pas bien entendu, questionnait :

— C'est un flic ?

Maigret tombait à nouveau dans les pommes, tandis qu'un des fêtards articulait avec peine :

— Je vous dis qu'il est plein comme une bourrique !

CHAPITRE VII

LE RIRE DE Mme MAIGRET

IL ESSAYAIT TOUJOURS de les repousser de la main, mais sa main était molle, sans force. Il les aurait bien suppliés de le laisser tranquille. Est-ce qu'il ne l'avait pas fait ? Il ne savait plus. Il avait tant de choses en tête que ça lui faisait un peu mal.

Une certitude dominait tout : il était indispensable qu'on le laissât aller jusqu'au bout. Jusqu'au bout de quoi ? Bon Dieu ! comme les gens ont de la peine à vous comprendre ! *Jusqu'au bout !*

Or on le traitait comme un enfant, ou comme un malade. On ne lui demandait pas son avis. Ce qu'il y avait encore de plus vexant, c'est qu'on s'entretenait à voix haute de son cas, comme s'il était incapable de comprendre. Parce qu'il était resté par terre comme un gros insecte écrasé ? Il y avait eu les jambes tout autour de lui, bon ! Puis l'ambulance. Il avait parfaitement reconnu que c'était une ambulance et il s'était débattu. Est-ce qu'on ne peut plus recevoir un coup sur la tête sans qu'on vous emmène à l'hôpital ?

Il avait reconnu aussi le portail sombre de Beaujon, la voûte avec une lampe électrique très forte qui faisait mal aux yeux ; des gens allaient et venaient tranquillement, un grand jeune homme en blouse blanche avait l'air de se moquer du monde.

Est-ce qu'il ne savait pas que c'était l'interne de service ? Une infirmière lui coupait des cheveux sur le sommet du crâne, et l'interne lui racontait des bêtises. Elle était très jolie dans son uniforme. A la façon dont ils se regardaient, ils avaient dû faire l'amour ensemble avant l'arrivée de Maigret.

Il ne voulait pas vomir et pourtant il vomit, à cause de l'éther.

« Ça lui apprendra », pensa-t-il.

Qu'est-ce qu'on lui donnait à boire ? Il refusait de boire. Il avait besoin de réfléchir. Est-ce que l'agent cycliste ne leur avait pas dit qu'il était un policier chargé d'une importante enquête, d'une enquête *confidentielle ?*

Personne ne le croyait. C'était la faute du commissaire de police. Il ne voulait pas qu'on le porte. Et pourquoi Mme Maigret, en ouvrant précipitamment le lit, éclatait-elle de rire ?

Il était sûr qu'elle avait ri, d'un rire nerveux qu'il ne lui connaissait pas, puis il avait continué longtemps à l'entendre aller et venir dans la chambre avec aussi peu de bruit que possible.

Est-ce qu'il aurait pu agir autrement qu'il l'avait fait ? Qu'ils le laissent réfléchir. Qu'on lui donne un crayon et un papier. N'importe quel bout de papier, oui. Voilà.

Supposez que ce trait-ci soit la rue Chaptal... Elle est très courte... Bon... Il est un peu plus d'une heure du matin, et il n'y a personne dans la rue...

Pardon : il y a quelqu'un. Il y a Dédé, au volant de son auto. Remarquez que Dédé n'a pas arrêté le moteur de la voiture. Il peut y avoir deux raisons à ça. La première, qu'il ne se soit arrêté que pour quelques minutes. La seconde, qu'il pense avoir à repartir rapidement. Or les autos, surtout quand il fait frais — et il fait frais. la nuit, au mois d'avril, — sont difficiles à remettre en marche.

Qu'on ne l'interrompe pas ! Un trait, donc. Un petit carré pour la maison des Balthazar. Il dit les Balthazar, parce que ça a l'air plus vrai que les Gendreau. Tout ça. au fond. c'est la famille Balthazar, l'argent Balthazar, le drame Balthazar.

Si l'auto de Dédé est là, c'est qu'elle a une raison d'y être. La raison, c'est qu'elle a probablement amené le comte et qu'elle doit le reprendre à la sortie.

Ceci est très grave. N'interrompez pas... Ce n'est pas la peine de lui mettre des trucs sur la tête, ni de faire bouillir de l'eau dans la cuisine. Il entend fort bien qu'on fait bouillir de l'eau. On passe son temps à faire bouillir de l'eau, et, à la fin, c'est agaçant, ça empêche de penser.

Est-ce que les autres fois, quand il rendait visite à Lise, le comte se faisait accompagner par Dédé ? Voilà ce qu'il serait capital de savoir. Sinon, cette visite-ci, à une heure du matin, est une visite spéciale, avec un but déterminé.

Pourquoi Mme Maigret a-t-elle éclaté de rire ? Qu'est-ce qu'il a de drôle ? Est-ce qu'elle croit, elle aussi, qu'il s'est amusé avec des filles ?

C'est Justin Minard qui a couché avec Germaine. Sûrement qu'elle ne l'a pas lâché, et elle va sans doute l'empoisonner pendant longtemps. Et Carmen ? Il ne l'a jamais vue. Il y a des tas de gens qu'il n'a jamais vus.

C'est injuste. Quand on fait une enquête *confidentielle*, on devrait avoir le droit de voir tout le monde. de les voir par l'intérieur.

Qu'on lui rende son crayon. Ce carré-ci est une chambre. La chambre de Lise bien entendu.

Peu importent les meubles. Ce n'est pas utile de dessiner les meubles. Cela embrouillerait tout. Seulement la table de nuit, parce que, dans le tiroir, ou sur la table, il y a un revolver.

Maintenant, tout dépend. Est-ce que Lise était couchée ou est-ce qu'elle ne l'était pas ? Est-ce qu'elle attendait le comte ou est-ce qu'elle ne l'attendait pas ? Si elle était couchée, elle avait dû sortir le revolver du tiroir.

Qu'on ne lui presse pas la tête, sacrebleu ! Ce n'est pas possible de réfléchir quand on vous appuie sur la tête avec Dieu sait quoi de lourd.

Comment se peut-il qu'il fasse grand jour ? Qui est-ce ? Il y a un homme dans la chambre, un petit monsieur chauve qu'il connaît, mais dont il ne retrouve pas le nom. Mme Maigret chuchote. On lui glisse un objet froid dans la bouche.

De grâce, messieurs !.... Tout à l'heure, il va devoir déposer à la barre, et, s'il bafouille, Lise Gendreau éclatera de rire en prétendant qu'il ne peut rien comprendre parce qu'il n'est pas membre du cercle Hoche.

Il faut se concentrer sur le carré. Le petit rond, c'est Lise, et il n'y a que les femmes, dans la famille, à hériter du caractère du vieux Balthazar, le solitaire de l'avenue du Bois. C'est lui qui l'a dit, et il devait s'y connaître.

Alors pourquoi se précipite-t-elle vers la fenêtre, ouvre-t-elle les rideaux et appelle-t-elle au secours ?

Attendez, monsieur le commissaire... N'oubliez pas Minard, le flûtiste, car il y a Minard qui vient tout changer...

Personne n'a eu le temps de sortir de la maison quand Minard sonne à la porte, et, tandis qu'il parlemente avec Louis, une voix d'homme prononce dans l'escalier :

— Dépêchez-vous, Louis !

Et l'auto de Dédé est repartie. Attention !

Elle n'est pas repartie pour de bon. Elle fait le tour du pâté de maisons. Donc Dédé attendait bien quelqu'un.

Quand il est revenu, s'est-il contenté de passer dans la rue, pour voir ? Ou s'est-il arrêté ? Est-ce que la personne qu'il attendait est remontée à bord ?

Tonnerre de Dieu, qu'on le laisse tranquille ! Il ne veut plus boire. Il en a assez. Il travaille. Vous entendez ? *Je tra-vail-le !*

Je re-cons-ti-tue !

Il a chaud. Il se débat. Il ne permet pas qu'on se moque de lui, personne, pas même sa femme. C'est à pleurer. Il a vraiment envie de pleurer. C'est inutile de l'humilier comme on le fait. Ce n'est pas parce qu'il est assis sur le trottoir qu'on doit le mépriser et sourire de tout ce qu'il dit.

On ne lui confiera plus d'enquêtes. Déjà pour celle-ci on a hésité. Est-ce sa faute si, pour savoir ce que les gens ont dans le ventre, on est parfois obligé de boire avec eux ?

— Jules...

Il fait non de la tête.

— Jules ! Eveille-toi...

Pour les punir, il n'ouvrira pas les yeux. Il serre les mâchoires. Il doit avoir l'air farouche.

— Jules, c'est...

Et une autre voix prononce :

— Alors, mon petit Maigret ?

Il a oublié son serment. Il se dresse d'une détente, et c'est comme s'il se heurtait le crâne au plafond il porte machinalement la main à sa tête qu'il trouve entourée d'un gros pansement.

— Pardon, monsieur le commissaire...

— Je m'excuse de vous éveiller.

— Je ne dormais pas.

Sa femme est là, qui lui sourit et lui adresse,

129

derrière M. Le Bret, des signes qu'il ne comprend pas.

— Quelle heure est-il ?

— Dix heures et demie. En arrivant au bureau, j'ai appris ce qui est arrivé.

— Ils ont rédigé un rapport ?

Un rapport sur lui ! Cela l'humilie. Les rapports, c'est lui qui les fait d'habitude, et il sait comment cela se confectionne :

Cette nuit, à onze heures quarante-cinq, effectuant notre ronde dans l'avenue de Wagram, nous avons été hélés par...

Puis des mots comme :

... un individu gisant sur le trottoir et déclarant se nommer Maigret, Jules, Amédée, François....

Le commissaire, lui, était tout frais, en gris perle des pieds à la tête, une fleur à la boutonnière. Son haleine sentait le porto matinal.

— La police de la gare du Nord a pu les arrêter juste à temps.

Tiens ! Il les avait presque oubliés, ceux-là ! Il a envie de dire, comme le flûtiste : « Cela n'a pas d'importance. »

Et c'est vrai. Ce n'est pas Dédé qui compte, ni Lucile, ni surtout le boxeur qui lui a donné un coup sur la tête, avec, comme doit dire le rapport, « un instrument contondant ».

Cela le gêne d'être dans son lit devant son chef, et il sort une jambe.

— Ne bougez pas.

— Je vous assure que je vais très bien.

— C'est également l'avis du médecin. Néanmoins, il vous faudra quelques jours de repos.

— Jamais de la vie !

On veut lui chiper son enquête. Il a compris. Il ne se laissera pas faire.

— Soyez calme, Maigret.

— Je suis calme, parfaitement calme. Et je

sais ce que je dis. Rien ne m'empêche de marcher, de sortir.

— Cela ne presse pas. Je comprends votre hâte, mais, en ce qui concerne votre enquête, on fera tout ce que vous jugerez nécessaire.

Il a dit *votre* enquête, parce que c'est un homme du monde. Il a allumé machinalement une cigarette et il regarde Mme Maigret d'un air confus.

— Ne vous gênez pas. Mon mari fume la pipe du matin au soir et même dans son lit.

— Donne-moi une pipe, tiens.

— Tu crois ?

— Est-ce que le docteur a dit que je ne devais pas fumer ?

— Il n'en a pas parlé.

— Alors ?

Elle a rangé sur la toilette tout ce qu'elle a trouvé dans ses poches, et elle se met à lui bourrer une pipe, elle la lui tend, ainsi qu'une allumette.

— Je vous laisse, dit-elle en fonçant vers sa cuisine.

Maigret voudrait se rappeler tout ce qu'il a pensé pendant la nuit. Il n'en a qu'un souvenir vague et pourtant il a conscience d'avoir approché de la vérité. Maxime Le Bret s'est assis sur une chaise ; on le sent préoccupé. Il le devient encore bien plus quand son secrétaire articule lentement, entre deux bouffées :

— Le comte d'Anseval est mort.

— Vous en êtes sûr ?

— Je n'en ai pas la preuve, mais j'en jurerais.

— Mort... comment ?

— C'est lui qui a reçu la balle de revolver.

— Rue Chaptal ?

Maigret fait oui de la tête.

— Vous croyez que c'est Richard Gendreau qui...

131

La question est trop précise. Maigret n'en est pas encore là. Il se souvient de son carré, avec les petites croix.

— Il y avait un revolver sur la table de nuit, ou dans le tiroir. Lise Gendreau a crié au secours à la fenêtre. Puis on l'a tirée en arrière. Enfin le coup de feu a éclaté.

— Qu'est-ce que Dédé fait dans l'histoire ?

— Il était dans la rue, au volant de la Dion-Bouton.

— Il l'a avoué ?

— Il n'y a pas besoin qu'il l'avoue.

— Et la femme ?

— C'est la maîtresse du comte, qu'on appelle plus couramment Bob. D'ailleurs, vous le savez aussi bien que moi.

Maigret aimerait se débarrasser de cette sorte de turban ridicule qui lui alourdit la tête.

— Qu'est-ce qu'on en a fait ? questionne-t-il à son tour.

— On les a conduits au Dépôt en attendant.

— En attendant quoi ?

— Pour l'instant, on les a simplement inculpés d'attentat à main armée sur la voie publique. On pourrait sans doute les accuser de vol.

— Pourquoi ?

— Le nommé Dédé avait quarante-neuf billets de mille francs dans ses poches.

— Il ne les a pas volés.

Le commissaire doit deviner sa pensée, car il devient de plus en plus sombre.

— Vous voulez dire qu'on les lui a donnés ?

— Oui.

— Pour se taire ?

— Oui. Dédé a été introuvable pendant tout l'après-midi d'hier. Quand il est revenu à la surface, si je puis dire, il était radieux, impatient de dépenser une partie des billets qui gonflaient ses poches. Pendant que Lucile pleurait la mort de son amant, il fêtait sa récente fortune. J'étais avec eux.

Pauvre Le Bret ! Il ne s'habitue pas à la transformation de Maigret. Il est comme ces parents, accoutumés à traiter leur enfant en bébé, et qui voient soudain devant eux un bonhomme qui raisonne en grande personne.

Qui sait ? Maigret, en le regardant, est pris d'un vague soupçon. Peu à peu, ce soupçon se mue en certitude.

Si on lui a confié l'enquête, c'est avec la conviction, avec l'espoir qu'il ne trouverait rien.

Cela s'est passé ainsi. M. Le Bret-Courcelles, l'homme du monde, n'a pas du tout envie qu'on ennuie un autre homme du monde, un camarade de cercle, et encore moins une amie intime de sa femme, une héritière des cafés Balthazar.

Maudit flûtiste qui est venu fourrer son nez dans une affaire qui ne le regarde pas !

Est-ce que ce qui se passe sur un plan supérieur, dans un hôtel particulier de la rue Chaptal, intéresse les journaux, le public, voire des jurés qui sont pour la plupart de petits boutiquiers ou des employés de banque ?

Le Bret commissaire, par contre, ne peut pas, devant son secrétaire, détruire un procès-verbal.

« — Vous comprenez, mon petit Maigret... »

Discrétion. Pas de scandale. Prudence extrême. Le bon moyen que Maigret ne découvre rien. Alors, après quelques jours, on l'aurait accueilli avec une condescendance souriante.

« — Ce n'est rien, voyons. Il ne faut pas vous décourager. Vous avez fait tout ce que vous avez pu. Ce n'est pas votre faute si ce flûtiste est un lunatique qui a pris un cauchemar pour la réalité. A notre bureau, mon vieux ! Je vous promets que la prochaine enquête sérieuse sera pour vous. »

A présent, il est inquiet, bien sûr. Qui sait s'il n'aurait pas souhaité que Maigret n'eût pas amorti le coup en se baissant au bon moment ? Il en aurait maintenant pour des jours, des semaines d'immobilité.

Comment, diable, ce bougre-là a-t-il découvert tout ce qu'il a découvert ?

Il toussote, murmure d'un ton aussi détaché que possible :

— En somme, vous accusez Richard Gendreau de meurtre.

— Pas nécessairement lui. C'est peut-être sa sœur qui a tiré. Il est possible aussi que ce soit Louis. N'oubliez pas que le flûtiste a dû sonner, puis frapper longtemps à la porte avant qu'on vînt lui ouvrir et que le maître d'hôtel était tout habillé.

C'est un rayon d'espoir. Quel débarras si c'est le maître d'hôtel qui a fait le coup !

— Cette dernière hypothèse ne vous paraît-elle pas plus logique ?

Il rougit parce que Maigret, malgré lui, le regarde avec insistance. Il se met à parler avec volubilité.

— Pour ma part, voilà comment je verrais volontiers les choses...

Il a dit *volontiers*, et le mot est savoureux ; Maigret le salue au passage.

— Je ne sais pas au juste ce que le comte venait faire dans la maison...

— Ce n'était pas la première fois.

— Vous me l'avez déjà dit, et cela m'a surpris. C'était une tête brûlée. Son père, bien que ruiné, gardait encore une certaine dignité. Il vivait dans un petit appartement du Quartier latin et évitait avec soin les gens qu'il avait connus dans sa jeunesse.

— Il travaillait ?

— Non. Pas précisément.

— De quoi vivait-il ?

— Il revendait au fur et à mesure des besoins les choses échappées au naufrage : des tableaux, une tabatière, un bijou de famille. Peut-être certaines personnes qui avaient connu son père et chassé au château lui envoyaient-elles discrètement un peu d'argent? Bob, lui, est devenu une sorte d'anarchiste. Il le fait exprès de s'afficher dans les endroits les plus crapuleux. A certain moment, il s'est fait engager comme chasseur au restaurant Voisin, rien que pour gêner les amis de sa famille dont il acceptait les pourboires. Il a dégringolé, en fin de compte, jusqu'à une Lucile et un Dédé. Qu'est-ce que je disais ?

Maigret évite de lui tendre la perche.

— Ah ! oui. Il est certainement allé cette nuit-là chez les Gendreau dans un but peu avouable.

— Pourquoi ?

— Le fait de s'être fait accompagner par Dédé, qui l'attendait dans la rue et qui n'avait même pas arrêté son moteur, l'indique.

— Pourtant, on l'attendait dans la maison.

— Comment le savez-vous ?

— Croyez-vous qu'autrement on l'aurait laissé monter dans la chambre d'une jeune fille ? Et pourquoi Louis était-il tout habillé à une heure du matin ?

— Admettons qu'il était attendu, ce qui ne signifie pas qu'il était désiré. Il avait peut-être annoncé sa visite, en effet.

— Dans la chambre à coucher, ne l'oubliez pas.

— Soit ! Je veux bien admettre, en outre, que Lise a été imprudente avec lui. Nous n'avons pas à la juger.

Tiens ! Tiens !

— Il est possible qu'ils aient eu tous les deux une aventure. Il reste malgré tout l'héritier du nom d'Anseval, et ses grands-parents

135

étaient les maîtres du château racheté par le vieux Balthazar, qui n'était qu'un de leurs paysans.

— Cela pouvait impressionner la petite-fille du colporteur.

— Pourquoi pas ? Remarquez qu'il est vraisemblable aussi, que, apprenant le genre de vie qu'il menait, elle ait voulu le sauver.

Pourquoi Maigret devenait-il furieux ? Il avait l'impression qu'on lui présentait toute son enquête dans une glace déformante. Il n'aimait pas non plus le ton insinuant du commissaire, qui avait l'air de lui apprendre sa leçon.

— Il y a une autre possibilité, dit-il doucement.

— Laquelle ?

— Que Mlle Gendreau-Balthazar ait voulu ajouter un titre à sa fortune. C'est fort bien d'avoir acquis le château d'Anseval. Mais peut-être s'y sentait-elle un peu comme une intruse ? J'ai passé mon enfance, moi aussi, à l'ombre d'un château, dont mon père n'était que le régisseur. Je me souviens des efforts de certains nouveaux riches pour se faire inviter à la chasse.

— Vous insinuez qu'elle aurait voulu épouser...

— Bob d'Anseval, pourquoi pas ?

— Je ne veux pas discuter cette question, mais cela me paraît une supposition fort audacieuse.

— Ce n'est pas l'opinion de la femme de chambre.

— Vous avez interrogé la femme de chambre malgré...

Il faillit ajouter : « ... malgré mes recommandations. »

Ce qui aurait signifié : « Malgré mes ordres ! »

Il ne le fit pas, et Maigret poursuivait :

— Je l'ai même en quelque sorte enlevée. Elle est à deux pas d'ici.

— Elle vous a fait des révélations ?

— Elle ne sait rien de précis, sinon que Mlle Gendreau s'était mis en tête de devenir comtesse.

Le Bret eut un geste résigné. Cela lui faisait évidemment gros au cœur d'abandonner un peu de la dignité de ceux de son monde.

— Admettons. Ceci ne change d'ailleurs rien aux événements. Vous me concéderez de votre côté que Bob a pu se conduire comme un goujat.

— Nous ne savons rien de ce qui s'est passé dans la chambre, sinon qu'il y a eu un coup de feu.

— Vous en arrivez aux mêmes conclusions que moi. Un homme se comporte comme nous savons que celui-là était capable de se comporter. Le frère de la jeune fille est dans la maison, ainsi que le maître d'hôtel. Elle appelle au secours. L'un d'eux a entendu, monte précipitamment et, sous le coup de l'indignation, saisit le revolver qui, vous le dites vous-même, se trouve sur la table de nuit.

Maigret, maintenant, avait l'air d'approuver. Mais c'était pour répliquer doucement, en tirant sur sa pipe, une des meilleures qu'il eût jamais fumée :

— Qu'est-ce que vous auriez fait à la place de cet homme-là ? Supposez que vous avez encore le revolver, à la main, l'arme fumante, comme on écrit dans les journaux. Par terre, il y a un homme mort, ou grièvement blessé.

— En prenant l'hypothèse d'un homme blessé, j'aurais appelé un médecin.

— On ne l'a pas fait.

— Vous en concluez donc qu'il était mort ?

Maigret poursuivait son idée, patiemment, avec l'air, lui-même, de chercher.

— A ce moment-là, on frappe à la porte du rez-de-chaussée. C'est un passant qui a entendu des appels.

— Admettez, mon petit Maigret, qu'il n'est pas agréable de mêler le premier venu à ses affaires.

— On crie dans la cage d'escalier :

» — Dépêchez-vous, Louis !

» Qu'est-ce que cela signifie ? »

Il se rendait à peine compte que c'était lui qui avait pris la direction de l'entretien, que les rôles étaient en quelque sorte renversés, que son chef était de plus en plus embarrassé.

— L'homme pouvait ne pas être tout à fait mort. Ou encore Lise était en proie à une crise de nerfs. Je ne sais pas. Je suppose que, dans des moments pareils, on est en proie à un certain affolement.

— Louis a poussé l'intrus dans la rue d'un coup de poing en pleine figure.

— Il a eu tort.

— Et personne n'a dû être affolé. Ils se sont dit, évidemment, que le type qu'on venait de rosser allait alerter la police. Celle-ci ne manquerait pas de venir réclamer des explications.

— Ce que vous avez fait.

— Ils n'avaient qu'un certain nombre de minutes devant eux. Ils pouvaient téléphoner aux autorités :

» — Voici ce qui s'est passé. Ce n'est pas un crime, mais un accident. Nous avons été obligés d'abattre un énergumène qui nous menaçait.

» Je crois que c'est ainsi que vous auriez agi, monsieur le commissaire ? »

Comme cela changeait la situation d'être ici, dans sa chambre, dans son lit, au lieu d'être au bureau : Derrière la porte matelassée du commissariat, il n'aurait pas osé dire le quart de ce qu'il venait de dire. Il avait terriblement mal à la tête. mais c'était secondaire. Mme Maigret, dans la cuisine, devait être terrifiée en l'entendant parler avec autant d'assurance. Il devenait même agressif.

— Eh bien ! monsieur le commissaire, voilà ce qu'ils n'ont pas fait, eux. Et voici ce qu'ils ont fait. D'abord ils ont transporté le corps. ou le blessé. Dieu sait où. Probablement dans une des chambres qui sont au-dessus de l'écurie. puisque ce sont les seules qu'on ne m'ait pas fait visiter.

— Ce n'est qu'une supposition.

— Basée sur le fait que le corps n'était plus là quand je suis arrivé.

— Et si Bob était parti par ses propres moyens ?

— Son ami Dédé n'aurait pas eu. hier. cinquante mille francs en poche et n'aurait surtout pas décidé de gagner la Belgique en compagnie de Lucile.

— Peut-être avez-vous raison.

— Donc, nos gens, rue Chaptal, ont eu à peu près d'une demi-heure de bon. Cela leur a suffi pour remettre les choses en place, pour effacer les moindres traces de ce qui s'était passé. Et ils ont eu une idée presque géniale. Le meilleur moyen de réduire à néant le témoignage du flûtiste, de faire croire à des imaginations d'ivrogne. n'était-il pas d'établir que la chambre que celui-ci désignait était inoccupée ? Cela présentait un autre avantage. Peut-être Lise Gendreau avait-elle. malgré tout, les nerfs en boule, comme on dit vulgairement. La montrer dans son lit et prétendre qu'elle dormait ? La montrer debout et affirmer qu'elle n'avait rien entendu ? C'était également risqué.

» On la fourrait dans une chambre de bonne miraculeusement vide. Est-ce qu'un pauvre type du commissariat verrait une différence ?

» Il suffirait de prétendre qu'elle était absente, qu'elle était dans son château de la Nièvre. Rien entendu ! Rien vu ! Un coup de feu ? Où ça ?

» Les gens qui déambulent à une heure du matin dans les rues sont souvent surexcités.

» Demain, il fera grand jour. Qui osera accuser les Gendreau-Balthazar ?

— Vous êtes dur, Maigret.

Il soupira, se leva.

— Mais vous avez peut-être raison. Je vais, de ce pas, conférer avec le chef de la Sûreté.

— Vous croyez que c'est indispensable ?

— S'il y a vraiment eu meurtre, comme vous finissez par me le faire croire...

— Monsieur le commissaire ! appela Maigret d'une voix radoucie, presque suppliante.

— Je vous écoute.

— Vous ne voulez pas attendre vingt-quatre heures ?

— Tout à l'heure, vous m'accusiez presque de ne pas avoir agi plus tôt.

— Je vous assure que je peux me lever. Regardez.

Et, malgré le geste de protestation de Le Bret, il jaillit des draps, un peu étourdi, se tint debout, quand même gêné d'être en chemise devant son chef.

— C'est ma première enquête.

— Et je vous félicite pour le zèle que...

— Si vous mettez dès maintenant la Sûreté au courant, c'est la brigade du chef qui terminera l'affaire.

— Probablement. Avant tout, si Bob a été tué, il s'agit de retrouver le corps.

— Du moment que c'est un mort, il peut attendre, n'est-ce pas ?

Les rôles se renversaient une fois de plus, et c'était le commissaire qui souriait en détournant la tête.

Maigret, si virulent tout à l'heure, avait soudain l'air dans sa chemise de nuit au col orné de broderies rouges, d'un grand enfant qui se voit frustré d'une joie qu'il s'était promise.

— Je n'ai pas besoin de ce machin-là sur la tête.

Il tentait d'arracher son pansement.

— Je peux sortir, finir l'enquête tout seul. Donnez-moi seulement l'autorisation d'aller interroger Dédé et Lucile, surtout Lucile. Qu'est-ce qu'ils ont dit ?

— Ce matin, quand le commissaire de service au Dépôt l'a questionné, il a demandé :

» — Jules est mort ?

» Je suppose que c'est de vous qu'il s'agit.

— Si, demain, à cette heure-ci, je n'ai pas réussi, vous pourrez remettre l'affaire entre les mains de la Sûreté.

Mme Maigret avait entrouvert la porte, alarmée, et restait en faction, le regard rivé à son mari debout.

A ce moment-là, on sonna à la porte. Elle traversa la pièce pour aller ouvrir, et on entendit des chuchotements sur le palier.

Quand elle revint, seule, Maigret questionna :

— Qui est-ce ?

Elle lui adressa un signe qu'il ne comprit pas et, comme il insistait, elle se résigna à annoncer :

— Le musicien.

— Je m'en vais, dit Le Bret. Je ne peux pas décemment vous refuser ce que vous me demandez.

— Pardon, monsieur le commissaire. Je voudrais encore... Etant donné la tournure des événements, étant donné aussi que la Sûreté le ferait, est-ce que vous me permettez, si c'est nécessaire, de m'adresser à Mlle Gendreau ?

— Je suppose que vous y mettrez des formes ? Soyez prudent quand même.

Maigret rayonnait. Il entendit la porte se re fermer, puis, alors qu'il cherchait son pantalon, Justin Minard entra dans la pièce, suivi de Mme Maigret. Le musicien avait un air piteux, inquiet.

— Vous êtes blessé ?

— A peine.

— J'ai une mauvaise nouvelle à vous annoncer.

— Dites.

— Elle a filé.

Maigret faillit éclater de rire, tant la mine du flûtiste était drôle.

— Quand ?

— Hier au soir, ou plutôt cette nuit. Elle avait insisté pour m'accompagner à la *Brasserie Clichy*, en prétendant qu'elle était folle de musique et qu'elle voulait m'entendre.

La présence de Mme Maigret rendait l'aveu plus difficile, et celle ci comprit, disparut à nouveau dans sa cuisine.

— Elle était assise à la place que vous avez occupée quand vous êtes venu me voir. J'étais mal à l'aise. Comme je n'étais pas rentré dîner, que je n'avais pas mis les pieds chez moi de la journée, je m'attendais à chaque instant à voir surgir ma femme.

— Et elle est venue ?

— Oui.

— Elles se sont expliquées ?

— C'était justement entre deux morceaux. J'étais assis à la table. Ma femme a commencé par arracher le chapeau de Germaine, puis elle lui a empoigné le chignon.

— On les a mises à la porte ?

— Toutes les deux. J'avais regagné l'estrade L'orchestre jouait pour atténuer le scandale. C'est comme pour les naufrages, vous savez ? On entendait la dispute qui continuait dehors. Après le morceau, le patron est venu me trouver et m'a prié d'aller retrouver mon harem, comme il a dit.

— Elles vous attendaient sur le trottoir ?

— Une seule. Ma femme. Elle m'a ramené à la maison. Elle a enfermé mes souliers à clef pour que je ne puisse pas sortir. Je suis sorti quand même, il y a une heure, et j'ai emprunté les chaussures du concierge. Germaine n'est plus à l'hôtel. Elle est venue rechercher sa valise.

Il conclut :

— Qu'est-ce que nous faisons, maintenant ?

CHAPITRE VIII

UN QUI SE TAIT, UN QUI PARLE TROP

— Au MOINS, FAIS-moi le plaisir de mettre ton gros pardessus, avait insisté Mme Maigret.

En ce temps-là, il possédait deux pardessus : un gros noir, à col de velours, qu'il traînait depuis trois ans, et un pardessus mastic, très court, qu'il s'était payé récemment et dont il avait envie depuis son adolescence.

Il soupçonnait sa femme d'avoir chuchoté à l'oreille de Minard, alors que tous les deux quittaient l'appartement : « Surtout, ne le quittez pas ! »

Même si elle s'en moquait un peu, elle aimait bien le flûtiste, qu'elle trouvait si doux, si poli, si « effacé ». Le ciel se couvrait de nuages légers, spongieux, d'un beau gris pâle, et il allait pleuvoir pour la première fois depuis une dizaine de jours, par averses, en longues hachures de pluie tiède qui rendraient Maigret tout moite sous son pardessus et lui donneraient une odeur de bête mouillée.

Il tenait son chapeau melon à la main, car il

ne pouvait pas le mettre tant que sa tête reste-
rait entourée de l'énorme pansement. Minard
l'accompagna chez le médecin. boulevard Voltaire. où Maigret obtint qu'on lui fît un pansement plus discret.

— Il est vraiment indispensable que vous
alliez en ville ?

Le docteur lui remit une boîte en carton qui
contenait des pilules roulées dans de la poudre
jaune.

— Pour le cas où vous vous sentiriez étourdi.

— Je peux en prendre combien ?

— Quatre ou cinq, d'ici ce soir. Pas davantage. Je préférerais vous voir dans votre lit.

Maigret ne savait trop que faire du musicien
et il ne voulait pas non plus lui faire du chagrin
en le renvoyant chez lui, maintenant qu'il
n'avait plus besoin de lui.

Lui laissant croire que la mission était très
importante. il l'envoya rue Chaptal.

— En face. ou à peu près. de la maison que
vous savez, il y a un petit restaurant, au *Vieux
Calvados*. J'aimerais que vous vous y installiez
et que vous observiez ce qui se passe chez les
Gendreau.

— Et si vous ne vous sentiez pas bien ?

— Je ne serai pas seul.

Minard ne le quitta qu'à la porte du Dépôt,
quai de l'Horloge. A ce moment-là, Maigret
était encore plein de confiance en lui. Jusqu'à
l'haleine de la voûte sombre qu'il reniflait avec
plaisir. Tout était sale, sordide. C'est ici que,
chaque nuit. les agents amenaient tout ce qu'ils
avaient ramassé de suspect sur la voie publique et que les paniers à salade déversaient la
pouillerie cueillie au cours des rafles.

Il entra au corps de garde qui sentait la
caserne. demanda si le commissaire voulait le
recevoir. Il lui sembla qu'on le regardait d'une
curieuse façon. Il ne s'attarda pas à cette impres-

sion. Il se dit qu'évidemment les gens d'ici tenaient pour quantité négligeable un petit secrétaire de commissariat de quartier.

— Asseyez-vous.

Ils étaient trois agents, dont l'un écrivait, tandis que les autres ne faisaient rien. Le bureau du commissaire était à côté, mais personne n'allait le prévenir, personne ne s'occupait de Maigret ; on le traitait comme s'il n'était pas du métier. C'était si gênant qu'il hésita à bourrer sa pipe.

Après un quart d'heure, il se risqua à questionner :

— Le commissaire n'est pas ici ?

— Occupé.

— Où sont les gens qu'on a ramassés cette nuit ?

Car, en passant, il n'avait vu personne dans la vaste salle où on enfourne le gibier.

— Là-haut.

Il n'osa pas demander la permission d'y aller. Là-haut, c'était l'anthropométrie. On les faisait monter en rang, comme à l'école. Ils se mettaient tout nus, l'un derrière l'autre. On les examinait un à un, pour relever leurs tatouages et leurs moindres signes distinctifs, après quoi, ayant réintégré leurs vêtements, ils passaient à la mensuration, puis à la photographie, enfin aux empreintes digitales.

Est-ce que Dédé, dans la queue, avec les clochards et les vagabonds, crânait encore ?

Plus tard, quand il ferait partie de la brigade du chef, Maigret aurait le droit d'aller et venir dans toute la maison.

Quant aux femmes, un médecin les examinait dans une autre pièce, et les malades étaient envoyées à l'infirmerie de Saint-Lazare.

— Vous êtes sûr que le commissaire est toujours occupé ?

Il y avait plus d'une demi-heure qu'il attendait. Il lui sembla que les trois hommes échangeaient un coup d'œil amusé.

— Il faut attendre qu'il sonne.

— Mais il ne sait pas que je suis ici. J'ai une mission importante. Il doit être averti.

— Vous êtes du quartier Saint-Georges, n'est-ce pas ?

Et un des agents, celui qui écrivait, jeta un coup d'œil à un papier qui était sur son bureau.

— Jules Maigret ?

— Oui.

— Faut attendre, mon vieux. Je n'y peux rien.

Ils n'entendaient pas le moindre bruit dans la pièce voisine, où le commissaire était censé se trouver. Alors qu'il patientait depuis plus d'une heure, le commissaire entra, venant, non de son bureau, mais du dehors.

— Vous êtes le secrétaire de Le Bret ?

Enfin on s'occupait de lui, au lieu de le laisser au bout de son banc comme un solliciteur.

— Vous avez été blessé, à ce qu'il paraît ?

— C'est peu de chose. Je voudrais...

— Je sais. Vous devez interroger un nommé Dédé. Je crois qu'il est redescendu. Vous voulez vous en assurer, Gérard ? S'il est là, amenez-le dans mon bureau.

Et, à Maigret :

— Entrez, je vous en prie. Je vais vous laisser mon bureau pour un moment.

— Il faudra aussi que j'interroge la femme.

— Entendu. Vous n'aurez qu'à la faire amener par le brigadier.

Est-ce qu'il y avait vraiment quelque chose de pas naturel dans tout ça ? Maigret s'était figuré que les choses se passeraient autrement, mais il ne s'inquiétait pas encore. Il ne connaissait pas les habitudes de la maison et il était impressionné.

Un agent introduisit Dédé, puis sortit, ainsi que le commissaire, et on referma la porte.

— Alors Jules ?

Le garagiste de la rue des Acacias portait le même complet que la veille. On lui avait seulement retiré, selon la règle, sa cravate et ses lacets de bottines, ce qui lui donnait un air un peu débraillé. Maigret, hésitant, s'était assis au bureau du commissaire.

— Je suis content qu'on ne vous ait pas fait trop mal, déclarait Dédé. Vous pourrez le demander à ces messieurs : ma première phrase, quand je suis arrivé ici, a été pour réclamer de vos nouvelles.

— Vous saviez qui j'étais, pas vrai ?

— Parbleu !

— Et moi, dit Maigret simplement, je savais que vous le saviez.

— Alors vous vous doutiez qu'on allait vous casser la gueule ? Et si on vous avait descendu pour de bon ?

— Assieds-toi.

— Bon. Je veux bien que vous me disiez tu.

Maigret n'en avait pas encore l'habitude, mais il n'ignorait pas que c'était la coutume dans la maison.

— Je sais beaucoup d'autres choses et je crois que nous allons pouvoir nous entendre.

— Cela m'étonnerait.

— Le comte est mort.

— Vous croyez ?

— La nuit du 15 au 16 avril, tu as conduit le comte, avec ta voiture, dans la rue Chaptal et tu l'as attendu sans arrêter le moteur.

— Je ne me souviens pas.

— Une fenêtre s'est ouverte, une femme a crié et il y a eu un coup de feu. Alors tu es parti dans la direction de la rue Fontaine. Tu as fait le tour du pâté de maison... Tu t'es arrêté un bon moment rue Victor-Massé, puis tu es passé une fois encore rue Chaptal, pour voir si Bob était sorti.

Dédé le regardait en souriant paisiblement.

— Continuez, dit-il. Vous n'avez pas une cigarette ? Ces cochons-là m'ont pris tout ce que j'avais dans les poches.

— Je ne fume que la pipe. Tu étais au courant de ce que le comte allait faire dans la maison.

— Dites toujours.

— Tu as compris qu'il y avait eu du vilain. Le lendemain, tu n'as rien vu dans les journaux. Le comte n'est pas revenu. Le surlendemain, toujours rien.

— Vous m'intéressez.

— Tu as encore rôdé dans la rue. Puis, devinant ce qui s'était passé, tu es allé trouver Richard Gendreau. Pas chez lui, mais à son bureau.

— Qu'est-ce que je lui ai dit, à ce monsieur-là ?

— Que, moyennant une certaine somme, cinquante mille francs, probablement, tu te tairais. Car, sachant ce que Bob est allé faire rue Chaptal, tu sais pourquoi on l'a tué.

— C'est tout ?

— C'est tout.

— Qu'est-ce que vous me proposez ?

— Rien. De parler.

— Qu'est-ce que vous voulez que je dise ?

— Le comte connaissait les Gendreau. Il a rendu plusieurs fois visite à la jeune fille. Est-ce qu'il était son amant ?

— Vous l'avez déjà vu ?

— Non.

— Si vous l'aviez vu, vous ne me poseriez pas la question. Ce n'était pas un gars à laisser passer une occasion.

150

— Il y a eu un projet de mariage, n'est-ce pas ?

— Vous savez que j'ai de la sympathie pour vous ? Je le disais justement à Lucile : dommage que ce soit une bourrique ! Quelle idée de se faire flic quand on est bâti comme vous et qu'on n'est pas feignant !

— Tu préfères la prison ?

— A quoi ?

— Si tu parles, il est probable qu'on oubliera le chantage que tu as commis à l'égard de Richard Gendreau.

— Vous croyez qu'il portera plainte ?

— On oubliera aussi la tentative de meurtre dont j'ai été victime.

— Ecoute, Jules. Les chances ne sont pas égales. Use pas ta salive, car cela me donne mal au ventre. Tu es un bon type. Peut-être qu'un jour on se retrouvera tous les deux et qu'on videra un pot ensemble. Mais, ici, on n'est pas à égalité. Tu es un enfant de chœur. Ils te rouleront comme ils voudront.

— Qui ?

— Peu importe ! Je vais seulement te dire une bonne chose : Bob était un chic type. Il avait ses idées à lui sur la façon de se comporter dans la vie. Il ne pouvait pas voir certaines têtes en peinture. Mais il était incapable d'une crapulerie. Mets-toi bien ça dans le crâne.

— Il est mort.

— Possible. Je n'en sais rien. Ou, si je sais quelque chose, cela ne regarde personne. Maintenant, j'ajoute, en copain : « Laisse tomber ! »

« Tu comprends ça ? Laisse tomber, Jules ! J'ai rien à dire. Je ne dirai rien. Ces trucs-là, c'est pas pour toi. Mettons que ça nous dépasse tous les deux.

» Je ne sais rien, je n'ai rien vu, rien entendu. Les cinquante mille balles ? Je répéterai aussi

151

longtemps qu'il le faudra que je les ai gagnées à Longchamp.

» Quand à sortir d'ici, on verra, pas vrai ? »

Il avait un drôle de petit sourire en disant ça.

— Maintenant, si tu veux être gentil à ton tour, n'embête pas trop la pauvre Lucile. Elle aimait vraiment son Bob. Tu comprends ça ? On peut faire le tapin et aimer son homme. Ne la tourmente pas, et peut-être qu'un jour je te revaudrai ça. C'est tout.

Il s'était levé et, de lui-même, se dirigeait vers la porte.

— Dédé ! appela Maigret en se levant à son tour.

— Fini ! Je la boucle. T'auras plus un mot.

Et Dédé ouvrait la porte, appelait les agents.

— Nous avons terminé, disait-il avec un sourire goguenard.

Quant au brigadier, il demandait à Maigret :

— Je vous amène la femme ?

Elle refusa de s'asseoir, se tint droite devant le bureau.

— Vous savez dans quelles circonstances Bob est mort ?

Elle soupira :

— Je ne sais rien.

— Il a été assassiné dans une maison de la rue Chaptal.

— Vous croyez ?

— Il était l'amant d'une autre fille.

— Je ne suis pas jalouse.

— Pourquoi ne voulez-vous pas parler ?

— Parce que je n'ai rien à dire.

— Si vous aviez su Bob vivant, vous ne seriez pas partie pour la Belgique.

Elle se tut.

— Pourquoi ne voulez-vous pas que Bob soit vengé ?

Elle se mordit la lèvre et détourna la tête.

— Vous préférez quelques billets de banque à la condamnation de son meurtrier ?

— Vous n'avez pas le droit de dire ça.

— Alors parlez.

— Je ne sais rien.

— Si je vous aidais ?

— Je ne dirais rien.

— Qui avez-vous vu depuis que vous êtes ici ?

Car il comprenait enfin. Si on l'avait fait attendre, ce n'était pas parce que le commissaire était occupé. Les locaux de l'Identité judiciaire, là-haut, communiquaient avec le quai des Orfèvres.

Est-ce que seulement Dédé avait passé par l'anthropométrie ? Est-ce que Lucile avait subi la visite médicale ? C'était improbable.

Ce qui était presque certain, c'est que quelqu'un les avait questionnés, quelqu'un de la Sûreté.

Quand Maigret était arrivé, il y avait une heure au moins que Le Bret avait quitté le boulevard Richard-Lenoir.

C'était difficile à croire, et pourtant Dédé lui-même n'avait-il pas laissé entendre à Maigret qu'il était roulé ?

Il sortit de la pièce et crut surprendre des sourires. Comme par hasard, le commissaire de service revenait juste à ce moment.

— Alors, mon ami ? Succès ? Ils ont parlé ?

— Que comptez-vous en faire ?

— Je ne sais pas encore. J'attends des ordres.

— De qui ?

— De là-haut, comme d'habitude.

— Je vous remercie.

Quand il se retrouva sur le quai, au moment où tombait une ondée, Maigret se sentit si découragé que, pour un peu, il aurait porté sa démission au commissaire.

« Tu n'es qu'un enfant de chœur », lui avait dit le garagiste avec une pointe de pitié.

Lui qui aurait tant voulu appartenir à cette maison d'où il sortait la tête basse, de l'écœurement dans la gorge !

Il entra à la *Brasserie Dauphine*, où il y avait toujours quelques inspecteurs du quai des Orfèvres à boire le coup. Il les connaissait de vue, mais, pour eux, il était une quantité négligeable.

Il prit d'abord une des pilules que le docteur lui avait données, dans l'espoir que cela le remonterait, puis avala un grand verre d'alcool.

Il les voyait autour d'une table, un peu débraillés, très à leur aise, et ceux-là avaient le droit de pénétrer partout, ils connaissaient tout, ils échangeaient des renseignements sur les affaires en cours.

Est-ce que Maigret avait encore l'envie de faire partie de la « maison » ? N'était-il pas en train de découvrir que l'idée qu'il s'était faite de la police était fausse ?

Après le deuxième verre, il fut sur le point d'aller trouver son protecteur, le grand patron, Xavier Guichard, et de lui dire tout ce qu'il avait sur le cœur.

On l'avait roulé. Le Bret, dans sa chambre, lui avait tiré les vers du nez. Sa voiture attendait à la porte. Sans doute s'était-il fait conduire au quai des Orfèvres, et lui n'avait pas eu à attendre.

« Mon secrétaire est enragé. Il va mettre les pieds dans le plat, nous attirer des ennuis. »

Qui sait s'il ne s'était pas adressé plus haut, au préfet de Police, par exemple, ou même au ministre de l'Intérieur ?

Peut-être, après tout, le ministre de l'Intérieur était-il, lui aussi, un des commensaux de la rue Chaptal ?

Si on avait laissé l'affaire à Maigret — et avec quelles recommandations de prudence ! —

c'était, il en était sûr à présent, pour qu'il se casse les reins.

« Vous voulez interroger Dédé ? Pourquoi pas ? Allez-y, mon ami. »

Seulement, auparavant, on faisait la leçon au garagiste. Dieu sait ce qu'on lui avait promis pour qu'il la boucle. C'était facile. Il n'en était pas à sa première condamnation. Quant à Lucile, si elle ne se taisait pas, on pouvait toujours la fourrer à Saint-Lazare pour un bout de temps.

« Tu es un enfant de chœur. »

Il ricana, car il avait réellement été enfant de chœur dans son village.

On lui salissait tout, on lui salissait *sa* police. Il n'était pas vexé de ce qu'on lui retire un petit succès. C'était plus profond, cela ressemblait davantage à une déception d'amoureux.

— Garçon !

Il faillit prendre un troisième verre, changea d'avis, paya, sortit avec l'impression que les quatre autres, de leur table, le regardaient avec ironie.

Il se rendait compte que, désormais, tout serait truqué devant lui. Qu'est-ce qu'il pouvait faire ? Aller rejoindre le flûtiste. Car voilà le seul atout qu'il avait dans son jeu : un flûtiste ! Et c'était sur le compte de Justin Minard, justement, que, le premier jour, Le Bret avait fait faire une enquête.

Qu'il se fâche, lui, Maigret, et on prétendrait peut-être que le coup qu'il avait reçu sur la tête lui avait dérangé le cerveau.

Il monta dans un autobus qui passait et resta sur la plate-forme, renfrogné, à respirer l'odeur de chien mouillé qui émanait de son pardessus. Il avait chaud. Peut-être avait-il un peu de fièvre ?

Rue Chaptal, il faillit faire demi-tour en pensant à Paumelle, le patron du *Vieux Cal-*

vados, qui l'avait regardé, lui aussi, d'un air protecteur.

Qui sait si ce n'est pas eux qui avaient raison ? Peut-être, après tout, s'était-il trompé sur son compte et n'avait-il aucune disposition pour le métier de policier ?

Pourtant, il sentait si bien ce qu'il aurait fait si on lui avait laissé les mains libres ! Cette maison-là, qu'il apercevait du trottoir, il en aurait connu les moindres recoins, il aurait aussi connu les habitants, il n'y aurait plus rien eu de secret pour lui, en partant du vieux Balthazar qui était mort, pour aboutir à Lise Gendreau ou à Louis.

Ce qui s'était passé exactement dans la nuit du 15 au 16 n'était pas ce qui importait le plus, car ce n'était qu'un aboutissement. Il serait facile, quand il connaîtrait les pensées de chacun, de reconstituer leurs allées et venues.

Seulement, cette maison-là, comme celle de l'avenue du Bois, était une forteresse dont on lui fermait les portes. A la moindre alerte, on accourait de partout à la rescousse. Dédé, soudain, devenait silencieux, et Lucile résistait au désir de venger son Bob.

Il se surprit à parler tout seul en marchant et haussa les épaules, poussa violemment la porte du petit restaurant.

Justin était là, debout devant le comptoir, un verre à la main. Il avait pris la succession de Maigret dans son tête-à-tête avec Paumelle, qui ne manifesta aucun étonnement en voyant le nouveau venu.

— La même chose, commanda celui-ci.

La porte cochère était large ouverte. L'averse finissait et il y avait du soleil entre les gouttes d'eau. Le pavé était luisant ; on sentait qu'il allait sécher tout de suite.

— Je pensais bien que vous reviendriez, dit

le patron. Ce qui me surprend, c'est que vous ne soyez pas avec ces messieurs.

Maigret se tourna vivement vers Justin Minard qui paraissait hésitant et qui prononça enfin :

— Il y a beaucoup de monde dans la maison. Ils sont arrivés il y a environ une demi-heure.

On ne voyait pas de voitures dans la rue. Sans doute les visiteurs étaient-ils venus en fiacre ?

— Qui est-ce ?

— Je ne les connais pas ; cela ressemble à l'idée que je me faisais d'une descente de Parquet. Il y a un monsieur à barbe blanche, accompagné d'un jeune employé, peut-être le procureur et son greffier ?

Serrant son verre entre ses doigts crispés, Maigret questionnait :

— Ensuite ?

— Des gens que je n'ai jamais vus.

Justin, par délicatesse. ne disait pas ce qu'il pensait, et ce fut Paumelle qui grommela :

— Des collègues à vous. Pas du commissariat. Du Quai. Il y en a un que j'ai reconnu.

Pauvre Minard ! Il ne savait plus où regarder. En somme, c'était un peu comme si Maigret l'avait roulé, lui aussi. Maigret lui avait laissé croire que c'était lui qui dirigeait l'enquête et le flûtiste l'avait aidé de tout son cœur.

Or voilà que Maigret n'était plus rien, qu'on ne le tenait même pas au courant de ce qui se passait.

Une fois de plus. il faillit partir, rentrer chez lui, rédiger rageusement sa lettre de démission, puis se mettre au lit. Il avait la tête brûlante, avec des élancements douloureux. Le patron tenait une bouteille de calvados en suspens, et il fit oui de la tête.

Tant pis ! On l'avait eu sur toute la ligne.

Ils avaient raison. Il n'était qu'un enfant de chœur.

— Germaine est dans la maison, murmura Minard. Je l'ai entrevue à une fenêtre.

Parbleu ! Elle aussi, c'était tout naturel. Elle n'était peut-être pas très intelligente, mais elle avait du flair, comme toutes les femmes. Elle avait compris qu'elle s'était mise du mauvais côté, que Maigret et son flûtiste n'étaient que des fantoches.

— J'y vais ! décida-t-il soudain en reposant son verre sur le comptoir.

Il avait tellement peur de perdre courage qu'il se hâta de traverser la rue. Quand il fut sous la voûte, il vit deux hommes qui bêchaient dans un coin du jardin. A gauche, devant la porte donnant dans le hall, un inspecteur se tenait en faction.

— J'appartiens au commissariat du quartier, dit-il.

— Il faut attendre.

— Attendre quoi ?

— Que ces messieurs aient fini.

— Mais c'est moi qui ai fait l'enquête.

— Possible. J'ai une consigne, mon vieux. Encore un du quai des Orfèvres !

« Si jamais je fais partie de la Sûreté, se promit Maigret, oubliant déjà son ferme propos de quitter la police, je jure de ne jamais manifester de dédain à l'égard des pauvres types des commissariats. »

— Le procureur ?

— Tous ces messieurs.

— Mon commissaire est là ?

— Je ne le connais pas. Comment est-il ?

— En jaquette grise. Grand et mince, avec une fine moustache blonde.

— Pas vu.

— Qui est venu du Quai ?

— Le commissaire Barodet.

Celui dont, probablement, on lisait le plus souvent le nom dans les journaux. Aux yeux de Maigret, c'était peut-être l'homme le plus prestigieux du monde, avec sa face glabre qui le faisait ressembler à un maître d'hôtel, ses petits yeux fureteurs qui avaient toujours l'air de regarder ailleurs.

— Le cadavre.

Le policier hésitait à répondre aux questions, ne le faisait qu'avec condescendance.

— Richard Gendreau est dans la maison ?

— Comment est-il ?

— Brun, avec un long nez de travers.

— Il y est.

Donc, ou bien Gendreau n'était pas allé à son bureau, comme d'habitude, ou bien il en était revenu précipitamment.

Juste à ce moment, un fiacre s'arrêta dans la rue. Une jeune femme en descendit, se précipita vers la porte devant laquelle les deux hommes conversaient.

Elle ne dut pas voir Maigret.

— Mlle Gendreau, dit-elle du bout des lèvres.

Et l'inspecteur s'empressa de lui ouvrir, confia à son collègue :

— J'avais des ordres.

— On l'attendait ?

— On m'a simplement recommandé de la laisser entrer.

— Vous avez vu le maître d'hôtel ?

— C'est lui qui est en ce moment avec ces messieurs. Vous connaissez l'affaire ?

— Un peu, répondit Maigret, ravalant son humiliation.

— Il paraît que c'est un sale type.

— Qui ?

— Celui qui s'est fait descendre par le domestique.

Maigret le regarda, bouche bée.

— Vous êtes sûr ?

— De quoi ?

— Que Louis a...

— Vous savez, moi, je ne sais même pas qui est Louis. J'ai seulement entendu des bribes de conversation. Ce que je sais, c'est qu'il faut éviter de provoquer des rassemblements.

Un des hommes qui creusaient et qui appartenait certainement à la police pénétrait dans le porche ; celui qui restait dans le jardin devait être le valet de chambre. Le premier avait de la boue sur les mains, de la boue aux semelles, et son visage prenait une expression dégoûtée.

— Il n'est pas beau à voir ! dit-il en passant.

On lui ouvrit la porte, et il disparut dans la maison. Le peu de temps que la porte resta entrebâillée permit à Maigret d'apercevoir Lise Gendreau et son frère qui, debout, s'entretenaient dans le hall. Les autres, ceux du Parquet, devaient se tenir dans un des salons dont ils avaient refermé la porte.

— Vous avez rendez-vous ? demanda le policier à Maigret, qui manifestait son impatience.

— Je ne sais pas.

Il en avait les yeux humides. Jamais encore il ne s'était vu aussi humilié.

— Je crois qu'ils ont surtout peur des journalistes. C'est pour cela qu'ils prennent tant de précautions. Le rigolo, c'est que, chez nous, on boit du café Balthazar. Je ne me doutais pas qu'un jour...

On devait beaucoup téléphoner de l'intérieur, car on entendait souvent un déclic, une sonnerie.

— Si c'est votre commissaire qui vous envoie, je peux aller leur dire que vous attendez.

— Ce n'est pas la peine.

L'autre haussa les épaules. Il ne comprenait plus, voyait Maigret avaler une pilule.

— Ça ne va pas ?

— Vous ne savez pas comment ça a commencé ?

— Comment quoi a commencé ?

— Vous étiez au quai des Orfèvres ?

— Oui. Je m'apprêtais à aller faire une planque dans le quartier de La Villette. Le commissaire Barodet était en train de cuisiner un type.

— Un petit, en costume à carreaux ?

— Oui. Un gars à la redresse.

— On a téléphoné au commissaire ?

— Non. C'est le grand patron qui l'a fait appeler. Même que, pendant ce temps-là, j'ai surveillé le gars. Un rigolo. Il m'a demandé une cigarette, mais je n'en avais pas.

— Après ?

— Quand M. Barodet est revenu, il s'est encore enfermé un moment avec le bonhomme au complet à carreaux, après nous avoir dit de nous tenir prêts.

— Qui ?

— Ceux de la brigade. Nous sommes venus à trois, en plus du commissaire. Les deux autres sont à l'intérieur. Celui qui creusait, c'est Barrère, qui a reçu une balle dans la peau. Y a un mois en arrêtant le Polonais de la rue Caulaincourt.

Chaque mot portait. Maigret imaginait le bureau des inspecteurs, l'autorité amicale de Barodet qui les appelait tous : *Mes enfants.*

Pourquoi lui avait-on fait ça, à lui ? Est-ce qu'il avait commis une faute ? Est-ce qu'il n'avait pas su s'y prendre ? Est-ce qu'il n'avait pas été aussi discret que possible ?

Quand il l'avait quitté, boulevard Richard-Lenoir, le commissaire Le Bret avait eu l'air de lui donner carte blanche. Et Le Bret s'était

161

précipité quai des Orfèvres ! Puis peut-être était-il venu ici ?

— En somme, le maître d'hôtel s'accuse ?

— C'est ce que j'ai cru comprendre. En tout cas, il a une sale gueule.

— Je n'y comprends plus rien.

— Parce que vous avez la prétention de comprendre ?

Ce fut peut-être la première vraie leçon de modestie que reçut Maigret. L'inspecteur était plus âgé que lui. Il avait dépassé la trentaine. Il avait ce calme, cette sorte d'indifférence de ceux qui en ont beaucoup vu. Il fumait sa pipe à petites bouffées, sans essayer d'entendre ce qui se disait à l'intérieur.

— C'est toujours mieux que d'aller me planquer pour Dieu sait combien de temps dans une impasse de La Villette.

Une auto, cette fois, s'arrêtait le long du trottoir. Un jeune médecin à barbe brune en descendait prestement, une mallette à la main, et Maigret le reconnut grâce aux photographies parues dans les journaux. C'était le docteur Paul, le médecin légiste, déjà presque célèbre.

— Où sont ces messieurs ?

— Par ici, docteur. Le *macchabée* est dans le jardin, mais je suppose que vous désirez d'abord voir le procureur ?

Tout le monde pénétrait dans le saint des saints, sauf Maigret, condamné à ronger son frein sous la voûte.

— Vous verrez, disait l'autre, que ça fera juste trois lignes dans les journaux.

— Pourquoi ?

— Parce que !

Et le soir, en effet, on pouvait lire dans *La Presse* :

Un cambrioleur s'est introduit, au cours de la

nuit du 15 au 16 courant, dans l'hôtel par-
ticulier de la famille Gendreau-Balthazar, rue
Chaptal. Le maître d'hôtel, Louis Viaud, cin-
quante-six ans, né à Anseval, Nièvre, l'a abattu
d'une balle en pleine poitrine.

Maigret, à ce moment-là, était couché avec
trente-neuf degrés de température, et Mme Maigret ne savait comment se débarrasser du flûtiste
qui ne quittait pas la chambre et qui avait plus
que jamais l'air d'un chien perdu.

CHAPITRE IX

LE DEJEUNER A LA CAMPAGNE

CELA DURA TROIS
jours. D'abord il avait espéré qu'il serait vraiment malade et que cela *les* ferait enrager. Or, tout ce qu'il s'était découvert le premier matin en ouvrant prudemment les yeux, c'était un bon rhume de cerveau.

Alors il avait triché. Même vis-à-vis de sa femme, c'était ridicule de n'avoir qu'un rhume de cerveau, et il geignit, toussa, se plaignit de douleurs dans la poitrine.

— Je vais te mettre un sinapisme, Jules. Cela t'évitera une bronchite.

Elle était toujours aussi enjouée. Elle le soignait avec tendresse. On pouvait dire qu'elle le dorlotait. Cependant il avait l'impression qu'elle n'était pas dupe.

— Entrez, monsieur Minard, l'entendait on dire dans l'antichambre. Non, il ne va pas plus mal. Je vous demanderai seulement de ne pas le fatiguer.

Cela signifiait qu'elle entrait dans le jeu.

— La température ? questionnait le flûtiste, angoissé.

— Pas trop inquiétante.

Et elle avait soin de ne pas citer de chiffre, car il était plutôt en dessous de trente-sept degrés qu'au-dessus.

Elle adorait préparer les tisanes, les cataplasmes. faire du bouillon et des œufs au lait. Elle aimait aussi fermer les rideaux avec soin et marcher sur la pointe des pieds. entrouvrir parfois la porte pour s'assurer qu'il dormait.

Pauvre Minard. qui était déjà devenu indésirable ! Maigret s'en voulait. Il l'aimait bien. Il aurait été enchanté de lui faire plaisir.

On le voyait arriver dès neuf ou dix heures du matin ; il ne sonnait pas, grattait à la porte, discrètement, pour le cas où Maigret aurait été endormi. Puis il chuchotait, entrait en rasant le chambranle, s'approchait du lit.

— Non. ne bougez pas. Je suis simplement venu prendre des nouvelles. Vous n'avez rien à me faire faire ? Je serais tellement heureux de vous rendre service !

Il ne s'agissait plus de jouer au détective. N'importe quel service. Il faisait ses offres à Mme Maigret, aussi.

— Vous ne me permettriez pas d'aller faire votre marché ? Je m'y connais très bien, vous savez.

Il finissait pas s'asseoir près de la fenêtre, sur une fesse, pour un moment, et il restait des heures. Si on lui demandait des nouvelles de sa femme, il répondait vivement :

— Cela n'a pas d'importance.

Il revenait à la fin de l'après midi, en habit, avant de se rendre à son travail. car il jouait maintenant dans un bal du boulevard Saint-Michel Il ne jouait plus de contrebasse. mais du cornet à piston. ce qui devait être dur pour lui. Il lui en restait un cercle rose au milieu de la bouche.

Tous les matins aussi, Le Bret faisait prendre des nouvelles par un planton du commissariat. Cela avait déçu la concierge. Elle savait, en effet, que son locataire était fonctionnaire, mais il ne lui avait jamais avoué qu'il faisait partie de la police.

— Le commissaire vous fait dire de vous soigner, de ne pas vous inquiéter. Tout va bien.

Il s'enfonçait dans son lit moite, dans une bonne odeur de sueur. C'était une façon de se replier sur lui-même. Il ne savait pas encore que cela deviendrait une manie, qu'il recourrait souvent à ce procédé dans ses moments de découragement ou d'embarras.

Le décalage se produisait presque sur commande. Au lieu que ses idées devinssent précises, elles se brouillaient, comme quand on a la fièvre. Il glissait doucement dans un demi-sommeil, et la réalité prenait de nouvelles formes, se mêlait à des souvenirs d'enfance ; les ombres et les lumières de la chambre jouaient aussi leur rôle, et jusqu'aux fleurs de la tapisserie, jusqu'aux odeurs de cuisine et aux pas feutrés de Mme Maigret.

Il recommençait toujours au même point, reprenait ses personnages, comme des pions, le vieux Balthazar, les Gendreau, le père, Lise et Richard, le château d'Anseval, Louis, Germaine, la petite bonne Marie.

Il les faisait aller et venir, les déformait. Puis venait le tour de Le Bret sortant de l'appartement du boulevard Richard-Lenoir, montant dans sa voiture, lançant à son cocher : « Quai des Orfèvres ».

Est-ce qu'il tutoyait le grand patron, Xavier Guichard ? C'est ici que cela devenait angoissant. Qu'est-ce que Le Bret lui disait, dans le vaste bureau où Maigret était entré deux fois et qui était pour lui l'endroit le plus émouvant du monde ?

« Mon secrétaire, ce jeune homme que vous m'avez recommandé, s'occupe d'une affaire. Je n'ai pas pu faire autrement que de la lui confier. Je crois qu'il va mettre les pieds dans le plat. »

Est-ce qu'il disait cela ? C'était possible. Le Bret était avant tout un homme du monde. Il faisait des armes tous les matins au cercle Hoche, fréquentait les salons, assistait à toutes les premières et se montrait au pesage en haut-de-forme gris-clair.

Mais Xavier Guichard ? Celui-là, c'était un ami du père de Maigret et il était de la même race. Il n'habitait pas la plaine Monceau, mais un petit appartement du Quartier latin, vivant davantage avec ses bouquins qu'avec les belles dames.

Non, il n'était pas capable d'une cochonnerie, ni d'un compromis !

Pourtant il avait appelé Barodet. Quelle consigne lui avait-il donnée ?

Et, s'il en était ainsi, n'était-ce pas que Maigret avait tort ? Il n'avait pas terminé son enquête, soit. Il ne savait pas qui avait tiré sur le comte. Il ne savait pas non plus pourquoi. Mais il y serait arrivé.

Il avait conscience d'avoir fait du bon travail, en peu de temps. La preuve, c'est que son commissaire avait pris peur.

Alors, pourquoi ?

Les journaux ne parlaient déjà plus de l'affaire. Elle était étouffée. On avait dû transporter le corps de Bob à la morgue pour l'autopsie.

Il se revoyait dans la cour de la rue Chaptal, derrière les autres, derrière ces messieurs qui ne prêtaient pas attention à lui. Barodet, qui ne le connaissait pas personnellement, devait le prendre pour quelqu'un de la maison. Le procureur, le juge d'instruction, le greffier croyaient qu'il était un homme de Barodet.

Il n'y avait eu que Louis à lui lancer un coup d'œil goguenard. Sans doute était-il au courant, par Germaine, de son activité.

Tout cela était humiliant, décourageant. Il y avait des moments où, les yeux fermés, le corps moite, il échafaudait le plan de l'enquête idéale.

« La prochaine fois, je ferai comme ceci et comme ça... »

Puis, brusquement, le quatrième matin, il en eut assez d'être malade et, avant l'arrivée du flûtiste, il se leva, se lava à grande eau, se rasa avec soin, se débarrassa du pansement qu'il avait gardé sur la tête.

— Tu vas au bureau ?

Il avait envie de retrouver l'odeur du commissariat, son pupitre noir, les clients miteux sur leur banc, devant le mur peint en blanc.

— Qu'est-ce que je dois dire à Justin ?

Maintenant, on l'appelait Justin, comme un ami de la famille, comme un vague parent.

— S'il veut venir me prendre à une heure, nous déjeunerons ensemble.

Il n'avait pas mis ses fixe-moustaches pour dormir et il dut redresser les pointes au fer chaud. Il fit la plus grande partie du chemin à pied, pour respirer l'atmosphère des boulevards, et ses rancœurs se dissipaient dans le matin de printemps.

« A quoi bon me préoccuper de ces gens-là ? »

Les Gendreau dans leur forteresse. Le caractère du vieux qui se transmettait par les femmes. Leurs histoires de testament. La question de savoir qui hériterait des cafés Balthazar...

Car il comprenait que ce n'était pas seulement une question d'argent. A partir d'un certain degré de fortune, ce n'est pas l'argent qui compte, mais la puissance.

Il s'agissait de décider qui aurait le gros paquet d'actions, qui présiderait le conseil d'administration. Lise ? Richard ?

Il fallait que ce fût bien ancré dans leur chair pour qu'une jeune fille en oublie ses vingt et un ans et ne songe qu'à un bureau directorial, comme sa mère l'avait fait avant elle.

Etre le grand patron, ou la grande patronne !

« Qu'ils se débrouillent ! »

Parbleu ! C'était justement ce qu'ils avaient fait. Et il y avait eu un mort, que personne ne pleurait, il est vrai, sinon une fille qui faisait la retape avenue de Wagram.

Il entra au commissariat, serra la main de ses collègues.

— Bertrand est parti chez vous prendre de vos nouvelles.

Il ne donnait pas signe de vie au commissaire, s'asseyait à sa place, sans rien dire, et c'est à dix heures et demie seulement que Le Bret, en entrouvrant la porte matelassée, l'aperçut.

— Vous êtes ici, Maigret ? Venez donc me voir.

Il voulait se montrer désinvolte.

— Asseyez-vous. Je me demande si vous avez eu raison de revenir si vite au bureau. Je voulais vous proposer un congé de convalescence. Ne croyez-vous pas que quelques jours à la campagne vous feraient du bien ?

— Je me sens en parfaite santé.

— Tant mieux ! Tant mieux ! A propos, comme vous avez pu le voir, toute cette histoire est arrangée. Je vous en félicite, d'ailleurs, car vous n'étiez pas loin de la vérité. Juste le jour où je suis allé chez vous, Louis a téléphoné à la police.

— De son propre chef ?

— Je vous avoue que je n'en sais rien. Au surplus, cela importe peu. L'essentiel, c'est qu'il se soit accusé. Il a dû avoir vent de votre enquête, comprendre que vous aboutiriez à la vérité.

Maigret regardait fixement le bureau, et son visage n'exprimait aucun sentiment. Mal à l'aise, le commissaire poursuivait :

— Il a passé par-dessus nous et s'est adressé directement à la Préfecture. Vous avez lu les journaux ?

— Oui.

— Evidemment, la vérité a été un peu arrangée. C'est une nécessité que vous comprendrez un jour. Il existe des cas où le scandale ne sert à rien, où la vérité crue ferait plus de mal que de bien. Suivez-moi bien. Nous savons tous les deux que le comte n'est pas entré dans la maison comme un cambrioleur. Peut-être était-il attendu ? Lise Gendreau a eu des bontés pour lui. Je prends le mot dans son meilleur sens.

» N'oubliez pas qu'elle est née au château d'Anseval, que des liens existent entre cette famille et la sienne.

» Bob était une tête brûlée. Il dégringolait toujours plus bas, avec une sorte de frénésie. Pourquoi n'aurait-elle pas essayé de le remettre dans le droit chemin ?

» C'est l'opinion de ma femme, qui la connaît bien.

» Peu importe. Etait-il ivre cette nuit-là, comme cela lui arrivait souvent ? S'est-il conduit d'une façon scandaleuse ?

» Louis est assez avare de détails. Il a été attiré par des cris. Quand il est entré dans la chambre, Bob et Richard Gendreau étaient aux prises, et il a cru voir un couteau briller dans la main du comte.

— On a retrouvé le couteau ? questionna doucement Maigret sans quitter le bureau du regard.

Il semblait fixer obstinément une petite tache sur l'acajou du meuble.

— Je ne sais pas. C'est Barodet qui a fait l'enquête. Toujours est-il qu'il y avait un revolver sur la table de nuit et que Louis, craignant pour la vie de son maître, a tiré.

» Maintenant, mon jeune ami, dites-moi à qui aurait profité un scandale ? Le public n'aurait pas admis la vérité. Nous vivons à une époque où certaines classes de la société ne sont que trop visées. L'honneur de Mlle Gendreau était en jeu, car c'est à son honneur qu'on s'en serait pris.

» De toute façon, nous sommes devant un cas de légitime défense.

— Vous êtes sûr que c'est le maître d'hôtel qui a tiré ?

— Nous avons ses aveux. Pensez-y, Maigret. Demandez-vous quelles auraient été les réactions de certaine presse et les suites de cette affaire pour une jeune fille que rien ne nous permet d'accuser, sinon d'imprudence.

— Je comprends.

— Mlle Gendreau est partie pour la Suisse, car elle a les nerfs très ébranlés, et elle se reposera sans doute pendant quelques mois. Louis a été laissé en liberté et bénéficiera vraisemblablement d'un non-lieu. Son seul tort est de s'être affolé, d'avoir enterré le corps dans le jardin au lieu de tout avouer immédiatement.

— Il l'a enterré seul ?

— Mettez-vous à la place de Richard Gendreau. Je vois que vous ne comprenez pas encore, mais vous y viendrez. Il y a des cas où nous n'avons pas le droit...

Et, comme il cherchait ses mots, Maigret releva la tête pour articuler d'une voix neutre, presque candide :

— De suivre notre conscience ?...

Alors, soudain, Le Bret redevint sec, hautain, plus hautain qu'il ne l'avait jamais été.

— La mienne ne me reproche rien, tranchat-il, et j'ai la prétention de l'avoir aussi chatouilleuse que n'importe qui Vous êtes jeune, Maigret, très jeune, c'est la seule raison pour laquelle je ne peux pas vous en vouloir.

Il était midi quand le téléphone sonna dans le grand bureau. L'inspecteur Besson, qui avait décroché, lança :

— Pour vous. Maigret. C'est le type qui a déjà téléphoné trois fois. Toujours à la même heure.

Maigret saisit le récepteur.

— Allô ! Jules ?

Il reconnut la voix de Dédé.

— Cela va mieux ? Vous avez repris le boulot ? Dites donc, vous êtes libre à déjeuner ?

— Pourquoi ?

— Une idée à moi. J'ai envie, depuis l'autre jour, de vous emmener déjeuner à la campagne. N'ayez pas peur. Je vais venir vous prendre avec la bagnole. Pas devant le commissariat, car je n'aime pas beaucoup ces endroits-là, mais au coin de la rue Fontaine. Ça colle ?

Le pauvre flûtiste allait se casser le nez une fois de plus.

— Dites-lui que j'ai dû sortir pour une affaire importante, que je le verrai ce soir ou demain.

Un quart d'heure plus tard, il montait dans la Dion-Bouton grise. Dédé était seul.

— Vous n'avez pas de préférence ? Vous aimez la friture de goujons ? On va d'abord s'arrêter un moment à la porte Maillot pour s'en envoyer un derrière la cravate.

Ils entrèrent, en effet, dans un bar, et Dédé, d'autorité, commanda deux absinthes bien tassées, laissa tomber l'eau goutte à goutte sur le morceau de sucre qui se désagrégeait lentement, en équilibre sur la cuiller à trous.

Il était gai, avec une pointe de sérieux dans son regard. Il portait son costume à carreaux, des souliers jaunes caca d'oie, une cravate du plus beau rouge.

— On remet ça ? Non ? Comme vous voudrez. Aujourd'hui, je n'ai pas de raison de vous saouler.

Ce fut la route, puis les bords de la Seine, avec des pêcheurs à la ligne dans leur barque, enfin une petite auberge au bord de l'eau, avec un jardin plein de tonnelles.

— Un petit gueuleton soigné, Gustave. Pour commencer, une bonne friture, avec rien que des goujons.

Et, à Maigret :

— Il va aller donner un coup d'épervier pour nous les cuire vivants.

Puis au patron :

— Qu'est-ce que tu nous serviras après ?

— Un coq au vin rosé de Beaujolais ?

— Va pour le coq au vin.

Dédé était ici comme chez lui, allait rôder dans la cuisine, descendait à la cave et en revenait avec une bouteille de vin blanc de la Loire.

— Ça vaut mieux que tous les apéritifs du monde. Maintenant, en attendant la friture, bourrez votre pipe. On peut causer.

Il éprouva le besoin d'expliquer :

— Si j'ai tenu à vous voir, c'est qu'au fond je vous aime bien. Vous n'êtes pas encore pourri, comme la plupart des mecs de chez vous.

Lui aussi arrangeait un peu la vérité, Maigret le savait. Les gens de l'espèce de Dédé sont de terribles bavards, et c'est souvent ce qui les fait prendre. Ils sont tellement fiers d'eux qu'ils éprouvent presque toujours le besoin de parler de ce qu'ils ont fait.

— Où est Lucile ? questionna Maigret, qui s'était attendu à la voir de la partie.

— Vous le croirez si vous voulez, mais elle est vraiment malade. Voyez-vous, cette fille-là était pincée pour Bob. Elle se serait laissé couper en petits morceaux pour lui. Cela lui a donné un coup. D'abord, elle ne voulait pas quitter la rue Brey, sous prétexte qu'elle y retrouverait à chaque pas son image. Hier, je l'ai décidée à aller à la campagne. Je l'y ai conduite. J'irai la retrouver. Mais suffit ! Peut être qu'on parlera de ça tout à l'heure.

Il alluma une cigarette, dont il rejeta lentement la fumée par le nez. Le vin scintillait dans les verres, la brise faisait frémir le jeune feuillage de la tonnelle, on voyait le patron, debout dans son bachot, qui scrutait l'eau avant de lancer l'épervier.

— Je suppose que vous avez eu la curiosité de jeter un coup d'œil sur mon dossier, et vous avez pu voir que je ne me mouillais jamais. Des bricoles, oui. J'ai tiré deux fois six mois et j'ai juré que ça suffisait.

Il buvait pour se mettre en train.

— Vous avez lu le journal ?

Et comme Maigret faisait oui de la tête :

— Pour des gens fortiches, ils sont fortiches. Si vous aviez vu Lucile ! Elle est devenue pâle comme un papier. Elle voulait à toute force aller les trouver, manger le morceau. Je la calmais. Je lui répétais :

» — A quoi cela servira-t-il ?

» Pour le salir, ils l'ont sali, avouez-le. Et si je tenais le type au nez de travers, Richard, qu'il s'appelle, dans un coin où il n'y aurait pas de flic, je vous jure que je lui casserais volontiers la gueule.

» Il a craché cinquante mille balles et se croit peinard. Eh bien ! entre nous, et malgré votre métier, je vous dis qu'il n'en a pas fini. On se retrouvera un jour, tôt ou tard. Il y a crapule et crapule. Celles de cette sorte-là, moi, je peux pas les blairer.

» Et vous ?

— On ne m'a pas permis de continuer l'enquête, murmura Maigret.

— Je sais. Je suis payé pour le savoir.

— Ils vous ont ordonné de vous taire ?

— Ils m'ont dit que je n'avais qu'à me tenir peinard et que j'aurais mon « condé ».

Ce qui signifiait qu'on fermerait les yeux sur les peccadilles de Dédé, qu'on oublierait le coup sur la tête et qu'on ne chercherait pas à savoir d'où provenaient les quarante-neuf mille francs trouvés dans son portefeuille.

— Ce qui m'a soufflé, c'est le truc du maître d'hôtel. Vous y croyez, vous ?

— Non.

— Bon ! Sinon, vous auriez baissé dans mon estime. Puisqu'il fallait que quelqu'un ait tiré, autant que ce soit le larbin. Qui est-ce, à votre avis, qui a joué du pétard ? Ici, on peut causer, pas vrai ? Remarquez que, si vous essayiez de vous servir de ce que je vous ai dit, je jurerais que je l'ai toujours bouclée. Pour moi, c'est la fille.

— C'est aussi mon avis...

— Avec la différence que, moi, j'ai de bonnes raisons de le croire. J'ajoute que, si elle a descendu Bob, c'est par erreur. Celui qu'elle voulait descendre, c'était le frangin. Parce qu'ils se détestent tous les deux comme on ne se déteste que dans ces familles-là.

» Vous n'avez pas connu Bob, et c'est dommage. C'était le type le plus chic de la terre. Ce qu'il pouvait les emmerder tous, celui-là !

» Mais pas méchamment, vous savez. Il n'avait pas une miette de méchanceté. C'était plus fort que ça. Il les méprisait tellement qu'ils le faisaient rire.

» Quand la môme a commencé à tourner autour de lui...

— Il y a combien de temps ?

— C'était l'automne. Je ne sais pas qui l'a rencardée. On savait qu'on pouvait trouver Bob, vers les cinq heures et demie, après les courses, dans un bar de l'avenue de Wagram.

— Elle y est allée.

— Parbleu ! Et sans voilette. Elle lui a dit qui elle était, qu'elle habitait le château d'Anseval, qu'elle s'intéressait à lui, qu'elle serait heureuse de le recevoir chez elle.

— Il a couché ?

— Et comment, qu'il se l'est envoyée. Même qu'il l'a emmenée dans l'hôtel de la rue Brey que vous connaissez. Pour voir jusqu'où elle irait, vous comprenez ? C'était un beau gosse. Mais, elle, ce n'était pas une poupée à entrer dans un hôtel comme celui-là rien que pour le plaisir de s'envoyer en l'air.

» Avec ça, pas plus de tempérament qu'un mur de béton. Il ne se cachait pas pour Lucile. Si elle avait dû être jalouse de toutes celles qui lui passaient par les mains ! Voici la friture. Vous m'en direz des nouvelles. »

Il pouvait manger tout en parlant et il ne se faisait faute ni de l'un ni de l'autre, ni de caresser la seconde bouteille qu'on avait placée devant eux.

— N'essayez pas de comprendre. Bob lui-même, qui, soit dit sans vous vexer, était plus malin que nous deux réunis, a mis du temps à y voir clair. Ce qui l'étonnait le plus, c'est l'envie qu'elle avait de l'épouser.

» Elle lui a mis le marché en main. Y compris qu'il n'aurait pas besoin de travailler, qu'il recevrait tant par mois pour ses petits frais, et tout. Il laissait courir. Il se disait qu'elle était mordue pour s'appeler comtesse d'Anseval. Il y a des gens comme ça. Ils se paient un château.

Puis l'envie leur prend d'en porter le nom, d'en acheter les ancêtres. C'est ce que Bob m'a expliqué. »

Il regarda Maigret dans les yeux et trancha, satisfait de le surprendre :

— Eh bien ! ce n'était pas ça.

Il croquait les goujons croustillants, regardait de temps en temps la Seine, où passaient lentement des péniches qui se mettaient à corner à quelques centaines de mètres de l'écluse.

— Cherchez pas. Vous ne trouverez pas. Bob, quand il a su, en a été soufflé. Pourtant, il connaissait par cœur l'histoire de la famille. Savez-vous de qui venait l'idée du mariage ? Du vieux !

Il triomphait.

— Avouez que ça vaut la peine d'être venu déjeuner à Bougival. Vous avez entendu parler du vieux racorni qui voulait laisser sa maison et ses tableaux pour en faire un musée ? Si vous voulez rigoler, écoutez la suite. Remarquez que je ne sais pas tout. Bob non plus ne savait pas tout. Il paraît que le bonhomme, qui a commencé comme colporteur dans les campagnes, rêvait d'avoir des petits-enfants d'une noblesse authentique.

» Voulez-vous mon idée ? C'était, pour lui, une sorte de revanche. Parce qu'il paraît que les Anseval n'ont pas été chics avec lui. Ils lui ont vendu le château et les fermes. Ils se sont retirés discrètement. Seulement, ils n'ont pas une seule fois voulu le recevoir à dîner, ou même à déjeuner.

» Alors, dans son testament, il a mis des clauses qui ont agité toute la famille.

» Sa fille vivait encore quand il est mort, mais, ces gens-là, avec leurs millions, ça voit loin.

» A la mort de cette fille, les actions devaient être partagées en deux parties : 51 pour cent pour la petite demoiselle et 49 pour cent pour Nez de travers. Il paraît que c'est très important, que cela donnait la majorité des voix, comme ils disent, à la jeune fille.

» Moi, je n'ai pas beaucoup d'instruction. Passons. Cela devait se faire quand elle atteindrait vingt et un ans.

— Le mois prochain, dit Maigret.

— J'en reprends. Tant pis s'il n'y a plus de place pour le coq au vin. Qu'est-ce qu'on disait ? Bon ! Seulement, il y avait une autre petite chose. Si la pucelle épousait un Anseval, alors elle recevait *toutes* les actions, à charge pour elle de verser à son frangin une pension équivalente à sa part.

» Cela signifie qu'il n'aurait plus rien eu à voir avec les cafés, avec le château, etc. Les Balthazar, les Gendreau, seraient devenus des Anseval et auraient remonté aux Croisés.

» Bob était très calé sur ces trucs-là, et vous ne pouvez pas savoir comme ça le faisait rigoler.

— Il a accepté ?

— Pour qui le prenez-vous ?

— Comment a-t-il été mis au courant ?

— Par le frangin. Et vous allez voir comment un homme peut bêtement laisser sa peau. Le Gendreau au nez de travers n'est pas un imbécile. Il n'a pas envie, comme son père, de passer son temps dans les cercles et de courir après les trottins de la rue de la Paix. Il veut être le patron, lui aussi.

— Je commence à comprendre.

— Non. Ce n'est pas possible, puisque Bob n'a pas compris tout de suite. Il lui a demandé de venir le voir à son bureau. Il paraît que cela ressemble à une sacristie, avec du bois sculpté sur les murs, des meubles gothiques, un portrait du vieux qui va du plancher au plafond et qui a l'air de se payer votre tête.

» Au fond, de toute la famille, c'est encore

ce vieux-là que j'arriverais le plus facilement à gober. Bob disait que c'était la canaille la plus malicieuse qu'il eût rencontrée. Façon de parler, puisqu'il était mort. Passons...

» Voilà donc le frangin qui déballe sa camelote. Il demande à Bob s'il est décidé à épouser sa sœur. Bob lui répond qu'il n'en a jamais eu l'intention.

» L'autre lui rétorque qu'il a tort, que ce serait une bonne affaire pour tout le monde.

» Et pourquoi que ce serait une bonne affaire ? Parce que lui, Richard Gendreau, refilerait de la galette au mari de sa sœur. Autant de galette qu'il en voudrait. A la seule condition qu'il balade sa sœur un peu partout, qu'il l'amuse, qu'il lui fasse perdre le goût des affaires.

» Vous y êtes, cette fois-ci ?

» Bob réplique qu'il ne s'en ressent pas pour ce métier-là.

» Alors la crapule au nez de travers lui déclare que c'est tant pis pour lui, que cela risque de lui coûter cher.

» Quand je pense que vous m'auriez flanqué en tôle pour avoir fait cracher cinquante billets à ce coco-là ! Je ne vous en veux pas. Vous ne pouviez pas savoir. »

Ils étaient entourés, maintenant, d'un merveilleux fumet de coq au vin, et Dédé, quoi qu'il en eût dit précédemment, gardait un solide appétit.

— Tâtez ce beaujolais et avouez que ç'aurait été dommage de me priver de gueuletons comme celui-ci pour me mettre au régime des fayots.

» Savez-vous ce qu'il avait dans son sac, cette gueule d'empeigne ? J'ai dit que Bob était un chic type, mais je n'ai pas prétendu que c'était un petit saint. Il lui est arrivé, comme à tout le monde, de se trouver à court. Il connaît depuis son enfance des tas de gens huppés. Alors, parfois, en rigolant, il imitait leur signature sur des traites ou sur d'autres fafiots.

» Ce n'est pas méchant. La preuve, c'est que les gens ne portaient pas plainte ou que ça finissait par s'arranger.

» Eh bien ! vieux Jules, Gueule d'empeigne avait racheté, Dieu sait comment, toute une collection de ces papelards-là.

» — *Si vous n'épousez pas ma sœur, je vous fais boucler. Si, quand vous l'aurez épousée, vous ne filez pas droit, je vous fais boucler.*

» Un féroce ! Encore plus féroce que le vieux !

» Je vous jure que Bob regrettait d'avoir sauté la petite et de s'être fourré dans cette histoire-là.

» Quant à la donzelle, elle était pressée. Elle voulait le mariage tout de suite, avant ses vingt et un ans. Elle lui envoyait des pneumatiques, des dépêches. Elle lui fixait rendez-vous sur rendez-vous.

» Il y allait ou il n'y allait pas. Le plus souvent, il n'y allait pas, et elle venait le relancer rue Brey, où elle attendait au coin de l'avenue sans se soucier qu'on la prenne pour autre chose.

» Lucile la connaissait bien.

— Quand vous avez conduit Bob rue Chaptal, la nuit du 15...

— Il avait décidé d'en finir, de lui cracher le morceau, de dire qu'il n'était pas à vendre, ni à elle, ni au frangin.

— Il vous avait demandé de l'attendre ?

— Pas précisément, mais il ne croyait pas en avoir pour longtemps. Aile ou cuisse ? Vous devriez reprendre des champignons. Gustave les cueille lui-même sur le coteau et les met en bocaux.

Maigret se sentait parfaitement à son aise, et

le beaujolais, après le vin blanc sec. y était peut-être pour quelque chose.

— Vous vous demandez pourquoi je vous raconte tout ça ?

— Non.

— Vous le savez ?

— Oui.

Tout au moins le sentait-il. Dédé en avait trop gros sur le cœur — sur la patate. comme il aurait dit — pour se taire. Ici, il ne risquait rien. En outre, il avait son « condé ».

Or, justement, il n'en était pas fier. Ce déjeuner-ci, c'était un moyen de décharger sa conscience. Un moyen aussi, en montrant la saleté de certaines gens, de se trouver en somme assez propre.

Longtemps, par la suite, ce déjeuner de Bougival devait revenir à la mémoire de Maigret, et peut-être ce souvenir lui évita-t-il certains jugements téméraires.

— Ce qui s'est passé là-haut, je n'en sais rien.

Maigret non plus, mais cela devenait déjà plus facile à reconstituer. Ce qu'il aurait fallu savoir, c'est si Richard Gendreau était censé être dans la maison. Peut-être. cette nuit-là. devait-il se trouver à son club, ou dans un endroit quelconque ?

Peut-être encore — et c'était dans son caractère — était-ce Bob lui-même qui l'avait fait monter ? Pourquoi pas ?

Histoire de leur dire. à tous les deux, ce qu'il pensait de leurs manigances.

« Primo, je ne me marie pas. »

Maigret, qui ne l'avait jamais vu, commençait à se faire une idée de son caractère et même de son physique.

« Je n'ai aucune envie de vendre un nom que je ne me donne pas la peine de porter. »

Car si. dans les environs de la place des Ternes et sur les champs de courses, certains l'appe laient le comte, la plupart de ceux qui le connaissaient étaient persuadés que c'était un sobriquet et ignoraient son nom véritable.

Est-ce que Lise Gendreau piquait une crise de nerfs, parlait de son honneur ? Est-ce que le frère se fâchait ?

« Quant à vous, votre gueule ! D'ailleurs, je vais raconter à votre sœur la petite combine que vous avez imaginée. »

En avait-il le temps ? L'autre s'était-il jeté sur lui tout de suite ?

Des centaines de milliers de gens qui buvaient du café Balthazar et collaient dans des albums, comme Mme Maigret, les vignettes représentant toutes les espèces florales ne se doutaient pas que leur café matinal avait été l'enjeu de la bataille dans une chambre de la rue Chaptal.

Une bataille crapuleuse, dont un larbin écoutait probablement les échos derrière la porte.

Les deux hommes avaient dû s'empoigner. Ils avaient peut-être roulé par terre.

Richard Gendreau était-il armé ? C'était certainement le type à donner un mauvais coup par-derrière.

— Pour moi, c'est la garce qui a tué. Pas méchamment. Elle s'est vraiment affolée. La preuve, c'est que son premier mouvement, qu'elle a dû regretter par la suite, a été d'ouvrir la fenêtre pour appeler au secours. A moins que la fenêtre ait été ouverte ? J'avoue que je n'ai pas regardé.

» Voyez-vous, je me demande si elle n'avait pas fini par être vraiment pincée pour Bob. Ce sont des choses qui se voient. Elle a commencé à cause de ses intérêts. Puis elle a piqué au truc. Pas sensuellement. Je vous ai déjà dit qu'elle est en bois. Mais il était tellement différent des frigorifiés qu'elle a l'habitude de rencontrer...

» Pour moi, quand elle a vu que Bob avait le dessous, ou que son frère essayait de lui flanquer un coup en vache, elle a perdu la tête. Elle a tiré. Par malheur, elle ne sait pas viser. C'est Bob qu'elle a attrapé en plein bide. Si on faisait apporter une autre bouteille ? Ce petit vin-là pas méchant pour deux sous. Et voilà, vieux Jules !

» Quand j'ai vu le type qui ébranlait la porte pour se faire ouvrir, j'ai filé, puis je suis revenu, mais il n'y avait plus rien à voir. J'ai préféré me calter.

» Nous avons réfléchi, Lucile et moi. On espérait toujours que Bob reviendrait, ou qu'on apprendrait qu'il était dans un hôpital.

» A la fin je suis allé trouver le Gendreau dans son bureau. C'est comme ça que je connais la tête du vieux.

» Est-ce qu'il valait mieux que ça ne profite à personne ?

» Il a craché presque tout de suite, au point que j'ai regretté de ne pas avoir dit cent mille au lieu de cinquante.

» Tas de canailles !

» Vous êtes tombé à pic, au moment où on allait mettre les bouts. Avouez que c'était trop bête de se faire prendre.

» A votre santé, mon vieux !

» Ils ont arrangé ça à leur façon. Je commence à en avoir l'habitude. Ça me fait mal au cœur quand je rencontre dans la rue une de leurs voitures de livraison avec les chevaux bien harnachés et un cocher astiqué sur le siège.

» Patron. Du café, mais pas du Balthazar.»

Il dut en boire, pourtant, car il n'y en avait pas d'autre dans la maison.

— Quelle chierie ! grommela-t-il entre ses dents. Heureusement qu'on va vivre à la campagne.

— Avec Lucile ?

— Elle n'a pas dit non. On a cinquante mille balles, ou presque. J'ai toujours rêvé de tenir un bistrot au bord de l'eau, quelque chose dans le genre de celui-ci, avec des clients qui sont des copains. C'est difficile à trouver, parce qu'il faudrait que ce soit pas trop loin d'un champ de courses. Demain, j'irai me promener dans les environs de Maisons-Laffitte. C'est par là que j'ai garé Lucile.

Il parut un peu honteux et se hâta d'ajouter :

— N'allez pas croire qu'on soit devenu vertueux pour autant !

-:-

Cela dura une semaine. Chaque matin, la sonnerie appelait Maigret dans le bureau du commissaire, à qui il présentait les rapports journaliers. Chaque matin, Le Bret ouvrait la bouche comme pour dire quelque chose, puis finissait par détourner la tête.

Ils n'échangeaient pas un mot en dehors des questions de service. Maigret était plus grave qu'autrefois, comme plus lourd, bien qu'il n'eût pas encore engraissé. Il ne prenait pas la peine de sourire et se rendait parfaitement compte qu'il était, pour Le Bret, comme un reproche vivant.

— Dites-moi, mon petit...

C'était au début de mai.

— A quelle date passez-vous votre examen ?

Le fameux cours qu'il étudiait justement la nuit où le flûtiste avait fait irruption dans son bureau, dans sa vie.

— La semaine prochaine.

— Vous pensez réussir ?

— Je le crois.

Il restait froid, presque sec.

— Guichard m'a dit que votre ambition était d'entrer au quai des Orfèvres.

— C'était exact.

— Ce ne l'est plus ?

— Je ne sais pas.

— Je crois que vous serez davantage à votre place là-bas et. bien que vous me soyez précieux ici. je pense que je vais intervenir dans ce sens.

Maigret, la gorge serrée. ne soufflait mot. Il boudait. Au fond. il leur en voulait toujours, à tous. à son commissaire. aux Gendreau. aux gens de la Sûreté, peut-être même à Guichard sur qui il avait reporté un peu de la vénération qu'il vouait à son père.

Si Guichard. pourtant...

C'était fatalement eux qui avaient raison, il s'en rendait confusément compte. Un scandale n'aurait servi à rien. De toute façon, Lise Gendreau aurait été acquittée.

Alors ?

N'était-ce pas à la vie qu'il en voulait et n'était-ce pas lui qui avait tort de ne pas la comprendre ?

Il n'entendait pas être acheté. Il refusait de devoir quoi que ce fût au commissaire Le Bret.

— J'attendrai mon tour, parvint-il à murmurer.

Dès le lendemain on l'appelait au Quai.

— Toujours fâché, mon petit ? lui demanda le grand patron en lui posant la main sur l'épaule.

Il ne put s'empêcher de lancer, presque rageur. comme un gamin :

— C'est Lise Gendreau qui a tué Bob.

— Probablement.

— Vous le saviez ?

— Je m'en doutais. Si cela avait été son frère, Louis ne se serait pas sacrifié.

Les fenêtres étaient ouvertes sur la Seine. Des remorqueurs, traînant leur chapelet de péniches. faisaient marcher leur sirène avant de passer sous le pont et abaissaient leur cheminée. Des tramways, des autobus, des fiacres, des taxis passaient sans arrêt sur le pont Saint-Michel, et les trottoirs étaient égayés par des femmes en robes claires.

— Asseyez-vous, mon vieux.

La leçon qu'il reçut ce jour-là, sur un ton paternel, ne figurait pas dans ses manuels de police scientifique.

— Vous comprenez ? Faire le moins de dégâts possible. A quoi cela aurait-il servi ?

— A la vérité.

— Quelle vérité ?

Et le grand patron conclut :

— Vous pouvez rallumer votre pipe. Lundi, vous entrerez comme inspecteur dans la brigade du commissaire Barodet.

Maigret ne savait pas encore qu'un jour, vingt-deux ans plus tard, il retrouverait Lise, qui porterait alors un autre nom, un nom aristocratique italien, celui de son mari.

Ni qu'elle le recevrait dans le bureau inchangé des cafés Balthazar — qu'il ne connaissait que par un certain Dédé — où il ferait enfin connaissance avec le portrait du vieux, toujours à sa place.

— Monsieur le commissaire...

Le commissaire, c'était lui.

— Je crois inutile de vous demander la discrétion...

La Sûreté, à ce moment-là ne s'appelait plus ainsi, mais la Police Judiciaire.

Et il s'agirait de ce qu'on appelle en langage administratif : « Recherches dans l'intérêt des familles. »

— Ma fille a malheureusement le caractère de son père...

Quant à elle, elle était calme et froide, comme le vieux Balthazar, dont on voyait le portrait en pied derrière son fauteuil.

— Elle s'est laissé entraîner par un individu sans scrupule qui l'a emmenée en Angleterre, où il a obtenu une licence de mariage. Il ne faut à *aucun prix*...

Non, il ne savait pas encore qu'il tiendrait une fois de plus l'honneur des Balthazar entre ses mains.

Il avait vingt-six ans. Il avait hâte de courir annoncer la nouvelle à sa femme.

— J'entre dans la brigade du chef.

Mais ce ne fut pas pour tout de suite. Justin Minard l'attendait dans la rue.

— Mauvaise nouvelle ?

— Bonne nouvelle. Je suis promu.

Le flûtiste se montrait plus ému que lui.

— Vous quittez le commissariat ?

— Dès demain.

— Cela s'arrose ?

A la *Brasserie Dauphine*, à deux pas du Quai. Des inspecteurs de la maison buvaient le coup, ignorant les deux hommes qui dégustaient du vin mousseux et qui paraissaient radieux.

Quelques jours encore, et ils connaîtraient au moins l'un des deux. Maigret serait leur égal. Il entrerait ici comme chez lui, le garçon l'appellerait par son nom et saurait quoi lui servir.

Quand il rentra chez lui, ce soir-là, il était ivre. Dix fois ils s'étaient reconduits, le flûtiste et lui, d'un coin de la rue à l'autre.

— Ta femme..., objectait Maigret.

— Cela n'a pas d'importance.

— Tu ne devrais pas être à ton musette ?

— Quel musette ?

Il fit du bruit dans l'escalier. La porte ouverte, il annonça gravement :

— Salue un nouvel inspecteur de la brigade du chef.

— Et ton chapeau ?

En se passant la main sur le crâne, il constata qu'il avait dû oublier son chapeau quelque part.

— Voilà comment sont les femmes ! Et remarque, remarque bien, parce que c'est très important... Très important, tu entends?... Ce n'est pas à cause du commissaire... On avait les yeux fixés sur moi, et je l'ignorais... Sais-tu qui me l'a dit?... Le grand patron... Il m'a dit... Je ne peux pas te répéter tout ce qu'il m'a dit, mais c'est un père... C'est un père, comprends-tu...

Alors elle lui apporta ses pantoufles et prépara du café fort.

Octobre 1948.

FIN